COLECCIÓN

CUATRO AMIGOS Y MEDIO

El caso del grito en la sala de profesores

Joachim Friedrich

El caso del grito en la sala de profesores

Círculo de Lectores

Título original: *4 1/2 Freunde und der schrei aus dem lehrerzimmer*

Círculo de Lectores, S.A. (Sociedad Unipersonal)
Travessera de Gràcia, 47-49. 08021 Barcelona
6006987654321

Directora de la colección: Reina Duarte
Ilustraciones: Mikel Valverde
Traducción: Soraya Hernán-Gómez

Licencia editorial para Círculo de Lectores
por cortesía de Edebé.
Está prohibida la venta de este libro a personas
que no pertenezcan a Círculo de Lectores.

ISBN 84-672-1655-7
N.° 07500 B
Depósito Legal: B. 1253-2006
Impreso en España
Printed in Spain
EGS - Rosario, 2 - Barcelona

Índice

1
De colega a colega

—El autor debía de conocer muy bien el lugar. Al menos sabía perfectamente cuándo podría estar a sus anchas. Eso le permitió registrar los vestuarios con toda tranquilidad. Su botín asciende, entre dinero y artículos de valor, a casi 300 euros. Resulta que casi todos los alumnos, y también el profesor afectado, habían dejado durante la clase de Educación Física sus pertenencias de valor en los vestuarios sin tomar ninguna medida de precaución. De forma que ayudaron al ladrón a conseguir un botín fácil. Por desgracia éste no es un asunto aislado. Y es una pena, porque, al igual que en este caso, las posibilidades de atrapar al autor son escasas. Con lo fácil que es tomar algunas sencillas medidas de precaución…

—¿Es que no han tomado ustedes las huellas dactilares? —preguntó Charly de improviso interrumpiendo la clase—. ¡Porque eso es lo primero que hubiera hecho yo en un caso así!

Algo desconcertado, el Inspector Jefe Stecker de la brigada criminal de la policía se quedó mirando a Charly, mientras por la clase se extendía un silencioso suspiro.

—Eh... ¿Huellas... dactilares? —tartamudeó finalmente—. Pues no, huellas dactilares no hemos tomado. Chico, ¿cómo se te ha ocurrido? ¿Acaso viste anoche alguna película de policías?

Con aquello el señor Stecker se ganó a unos cuantos risueños, pero a Charly, un comentario así, sólo le iba a dar aún más alas. De eso estaba seguro.

De todas formas, ya me estaba extrañando que aguantara tanto tiempo escuchando las explicaciones del Inspector Jefe de la brigada criminal de la policía sin interrumpirle. Y eso que Charly, desde que nuestro tutor «Gran Siggi» nos contó que iba a venir al colegio alguien del departamento de robos de la policía, para explicarnos cómo protegerse de los ladrones, nos había estado mareando todo el tiempo con que quería hacerle un montón de preguntas a ese policía.

—¡Y prestad mucha atención! —nos había advertido Charly en el último recreo—. De un profesional se puede aprender muchísimo. A lo mejor deberíamos preguntarle por sus métodos de investigación. O tal vez, nos enteremos de a qué delincuentes ha metido entre rejas. Con eso podríamos, por ejemplo, adquirir conocimientos sobre los nuevos métodos de investigación criminológica y sobre el comportamiento psicológico de los delincuentes.

—¡Delincuentes! ¡Adquirir conocimientos! —suspiró Estefi—. Charly, a veces eres un plasta. ¿Quién te crees que eres? ¿James Bond o el Detective Colombo?

La pregunta de Estefi no iba del todo desencaminada. Porque, sin duda alguna, Charly se tenía por un buen detective, que algún día iba a resolver grandes casos. Él había fundado la agencia de detectives Charly & Company, integrada, además de por él mismo, por Estefi, su hermano mellizo Rabanito, nuestro perro Precioso y yo. Incluso hemos conseguido resolver algunos pequeños casos, pero de eso, a lo que Charly sueña, hay tanta distancia como de la Tierra a Marte.

—Por cierto, ya ha llegado —dijo Rabanito de repente—. Antes, cuando he pasado por delante de la sala de profesores, estaba la puerta abierta y lo he visto. Si no me equivoco debía de ser ese señor Stecker.

Por cierto que Rabanito en realidad se llama Óscar Rademacher, pero como es casi una cabeza más bajito que su hermana melliza Estefi, casi todos le llaman simplemente Rabanito.

—¿Ese señor Stecker quién es? —preguntó Estefi.

—Lo conocimos en el asunto de los almacenes Hurtig. Ya sabes, en el caso de Papá Noel.

—¿En serio? —exclamó Charly—. ¿Estás seguro? Ésta puede ser nuestra oportunidad para preguntarle…

—¡Eh, tío, eh! —le interrumpí—. No le irás a hablar de nuestro número vestidos de ángeles de Navidad, ¿verdad? Porque de eso ya se rieron suficiente.

—Jo, Fede —exclamó Charly—. Si los ángeles de Navidad ya están más que olvidados. ¡Pero seguro que se acuerda de nuestro caso!

De modo que desde el mismo instante en que

el señor Stecker entró en nuestra clase, Estefi, Rabanito y yo estuvimos esperando a que Charly le recordara al Inspector Jefe de la brigada criminal el tema de nuestro caso de los Papá Noeles. Y ahora, por fin, parecía que había llegado el momento.

—Mis conocimientos no los he adquirido de las películas televisivas de policías, aunque éstas, desde luego, pueden ser muy ilustrativas. Lo sé por propia experiencia, por llamarlo de algún modo —contestó Charly hinchando pecho y sin preocuparse por las risitas de sus compañeros de clase.

Al señor Stecker se le abrieron los ojos un poco más si cabe.

—¿Experiencia? ¿A qué te refieres?

—Bueno, en cierto modo somos colegas. En una ocasión, incluso resolvimos un caso juntos. ¿Es que ya no se acuerda?

Al señor Stecker le entró un ataque de tos.

—Eh, pues... no. De eso, ya no me acuerdo —contestó cuando se hubo repuesto—. Tendrás que ayudarme un poco. ¿A qué caso te refieres?

Entre tanto, en la clase reinaba el silencio.

Todos miraban a Charly. A juzgar por sus caras risueñas, estaba más claro que el agua que nadie le tomaba en serio. Claro que, a esas alturas, ya todos sabíamos de qué pie cojeaba. Sin embargo, todos estaban intrigados por oír lo que Charly iba a contestar.

Charly se reclinó en su silla.

—Yo sólo digo: ¡Papá Noel!

—¿Cómo?

En la clase las risas y los gorgoritos iban aumentando cada vez más de intensidad.

Charly se volvió a echar hacia delante.

—Señor Stecker —dijo dirigiéndose al Inspector Jefe de la brigada criminal, como si se tratara de un niño pequeño que acabara de perder su osito de peluche—. ¡El caso de los almacenes Hurtig!

El señor Stecker se golpeó la frente con la palma de la mano.

—¡Ah, sí! ¡Ahora me acuerdo! ¿Tú no eras el de la banda de detectives?

—¡Agencia de detectives, señor Stecker! ¡Agencia de detectives Charly & Company!

Las comisuras del señor Stecker empezaron a temblar sospechosamente.

—Agencia de detectives. Naturalmente. Disculpa. Y con ese… caso…, ¿adquiriste experiencia en huellas dactilares?

Charly movió la cabeza negativamente.

—No, en aquella ocasión empleamos otros métodos de investigación.

El señor Stecker ya casi no podía reprimirse la risa. Pero Charly ni siquiera parecía darse cuenta de eso, o no le importaba.

—A propósito de métodos de investigación... —continuó hablando como si nada—, ¿puede usted decirnos algo sobre los métodos que utiliza para atrapar delincuentes?

—No me lo puedo creer —dijo el señor Stecker en voz baja.

—Ya sabe, investigación coordinada, huellas dactilares, exploración química, huellas de pisadas y…

—¡Sí, ya sé a qué te refieres! —exclamó el señor Stecker interrumpiendo el vendaval lingüístico de

Charly—. Lo que no sé es si esas cosas son un tema adecuado para esta clase.

—¡Seguro que sí! —exclamó Charly entusiasmado—. Eso nos interesa mucho a todos. ¡Sobre todo a mí y a mis colaboradores, naturalmente!

—Tus colaboradores —repitió el señor Stecker—. Por supuesto.

—Lo que, por supuesto, también nos interesaría sería conocer el comportamiento de los gángsteres

—continuó Charly—. En el periódico, por ejemplo, es posible leer a menudo que los secuestradores y ladrones de bancos antes de dedicarse a robar eran ciudadanos con una reputación irreprochable, que no aparecían en ninguna lista de búsqueda y captura. Claro que, por otra parte, también está la mafia.

—¿La mafia? —preguntó el señor Stecker atónito.

—¡Sí, la mafia! —exclamó Charly—. Seguro que

usted tendrá que vérselas con esos tipejos cada dos por tres, ¿verdad?

—Hombre, yo no diría tanto. Al fin y al cabo esos asuntos no pertenecen a mi área de responsabilidad...

—Para la mafia tendrán entonces ustedes una unidad especial, ¿no es así? —dijo Charly interrumpiendo al señor Stecker, que a esas alturas ya estaba buscando ayuda con la mirada entre los alumnos—. ¡Son los que luego vigilan a esos tipos día y noche!

—Es posible.

—En eso nosotros también tenemos experiencia. Si usted alguna vez necesita refuerzos, puede contar con nosotros.

El señor Stecker consultó su reloj.

—Muy amable, cuento con ello. Muchas gracias, pero el tiempo ha pasado volando, y en realidad, ya os he contado todo lo que quería deciros. Por favor, acordaos siempre de cuidar bien vuestros objetos personales y no traer demasiado dinero al colegio. ¡La ocasión crea ladrones!

Con esas palabras el señor Stecker recogió rápidamente los papeles que tenía colocados ante sí, sobre el escritorio del profesor, y los metió en su cartera. Echándole una mirada a Charly y con un discreto «Adiós», salió de la clase por piernas.

Pero Charly no se dejaba despachar tan fácilmente.

—¡Espere! —exclamó tras el señor Stecker—. ¡Que le quiero dar mi dirección y mi número de teléfono! ¡Puede usted llamarme a cualquier hora! ¡Día y noche!

Charly se levantó de un brinco y se precipitó hacia el señor Stecker cuando estaba poniendo pies en polvorosa. Entre tanto, toda la clase estaba ya desternillándose de la risa.

Estefi, que se sienta delante de mí, junto a Rabanito, se giró a decirme:

—No puedo creerlo. ¡En serio! ¿Cómo se puede ser tan tonto?

Por supuesto que Charly lo veía todo de distinta manera. Cuando salimos al patio del colegio, a la hora del recreo, él nos esperaba con una sonrisa triunfal que le llegaba de oreja a oreja.

—Le he apuntado mi dirección y mi número de

teléfono. Y me ha prometido que me llamará si necesita nuestra ayuda.

—Ése, para perderte de vista, te habría prometido hasta llevarte con él de vacaciones —le contestó Estefi.

—No sé por qué me respondes así —dijo Charly ofendido—. Si no fuera por mí no habríamos resuelto todavía ningún caso. Quién sabe, a lo mejor me llama de verdad.

—¡Eh, tío, eh! Pues ya puedes esperar sentado.

Aún no había terminado mi frase, cuando un balón sobrevoló casi rozándonos sobre nuestras cabezas. Le siguió una manada salvaje gritando, entre la que también se encontraban algunos compañeros de clase.

—¡Hola, Charly! —exclamó uno de ellos sonriendo—. ¿Ya se ha ido tu colega?

Charly no pudo contestarle, porque, de repente, apareció a nuestro lado el nuevo conserje.

—¿Os ha dado el balón? —preguntó con preocupación.

Nosotros movimos nuestras cabezas negativamente.

—Menos mal. Les dije a los chicos que no jugaran a lo loco, pero ya sabéis lo que pasa. Una vez que se empieza a jugar, uno se olvida fácilmente de todo lo demás.

Antes de que pudiéramos decir nada, había echado a correr para seguir participando en el juego.

Rabanito le siguió con la mirada moviendo la cabeza.

—Parece mentira. Si pienso en el antiguo conserje... Son como la noche y el día.

Rabanito tenía razón. El nuevo bedel sólo llevaba un par de semanas como conserje de nuestro colegio, desde que el anterior se había jubilado. No conozco a ningún alumno, ni tampoco a ningún profesor que no se alegrara de haber perdido de vista al viejo gruñón. La diferencia entre él y el nuevo bedel no podía ser mayor. El nuevo conserje era muy joven. No parecía ser mucho mayor que Nicole, la hermana de Charly, y los demás alumnos de las clases superiores. Siempre era amable, nunca se quejaba de si hacíamos demasiado ruido, y a veces, como ahora, jugaba en los recreos con los chicos al fútbol.

Estefi también le siguió con la mirada.

—Qué majo es —dijo en voz baja.

—¡Eh, hermanita! —exclamó Rabanito—. ¿Qué es lo que oigo? ¿Eso ha sido un suspiro? ¿Acaso estás enamorada de él?

Estefi miró a su hermano muy enfadada.

—¿Enamorada? Pero, ¡qué tonterías dices!

Incluso yo me había dado cuenta de que Estefi miraba más al nuevo bedel que al viejo conserje.

—¡Eh, tía, eh! Que no pasa nada. Si el bedel es muy majo —dije intentando apoyarla, porque en eso yo tengo alguna que otra experiencia.

Debería de haberme imaginado cómo contraatacaría Estefi, porque al instante dijo:

—¿Tan majo como la señora Sulte-Stratmann, Fede? —preguntó sonriendo con sorna como sólo ella sabe hacerlo.

—Eso es diferente —contesté escuetamente procurando no mirarla.

Era realmente diferente. Aunque el nuevo bedel era muy simpático, y desde el punto de vista de una chica, probablemente fuera incluso apuesto, no se podía comparar con la señora Sulte-Stratmann. ¡Jamás, en toda mi vida, había visto a una mujer más guapa que nuestra profesora de Biología! Cuando tenga novia, será exactamente como ella.

—Oye, ¿está casado? —preguntó Charly.

—Anillo no lleva —contestó Estefi rápidamente.

Demasiado rápido, porque entonces tuvimos una de las escasas oportunidades de sonreírle con sorna a ella. Por eso, Estefi se puso roja como un tomate.

—Es increíble que viva completamente solo en esa casa tan grande —opinó Rabanito.

La casa en la que vive nuestro conserje es muy grande. Pertenece al colegio y siempre ha estado habitada por el conserje del colegio. Tiene el aspecto de una vieja mansión. Y aunque ya está un poco deteriorada, las contraventanas cuelgan algo torcidas y necesita una nueva mano de pintura, también tiene un bonito jardín con viejos árboles frutales, de los que generaciones y generaciones de alumnos se han ido aprovechando.

—Probablemente no viva solo allí dentro —dijo de repente Rabanito.

—¡Eh, tío, eh! Entonces está casado.

—Ni idea. Pero hace un par de días, un tipo de la clase de al lado me contó que había alguien más en la casa.

—¿Y quién era? —preguntó Charly.

—Él tampoco lo sabía, pero escuchó ruidos extraños dentro de la vivienda cuando estaba sentado sobre uno de los manzanos que hay cerca de la casa.

—¿Ruidos extraños? —preguntó Estefi—. ¿A qué clase de ruidos se refería? Además, podría haberlos producido el propio bedel. Tal vez estuviera taladrando la pared para colgar algún cuadro. Esas cosas suelen hacerse cuando uno se acaba de mudar.

—El conserje no pudo ser—contestó Rabanito—. El tipo de la otra clase dijo que le había visto salir justo un momento antes de la casa; de lo contrario no se habría atrevido a robar las manzanas.

—En ese caso podría tener una visita —opinó Estefi—. O incluso un obrero.

—Tal vez. Pero los ruidos no debieron de sonar como martillazos o taladros.

—¿Sino...? —preguntó Charly, al ver que Rabanito no continuaba con su historia.

—Sino más bien como un grito.

—¡Eh, tío, eh! ¡Rabanito! —exclamé en tono de reproche.

Estefi también castigó a su hermano con una severa mirada fraternal, pero fue demasiado tarde. Charly agarró a Rabanito por el brazo.

—¿Grito? Rabanito, ¿has dicho un grito?

—Síií —dijo Rabanito enfadado.

Sabía perfectamente la que se iba a armar.

—Pero Charly —añadió—, yo no me refería a eso. Ese tipo de la clase de al lado seguro que se ha equivocado. No pienses que...

—Tú no sabes lo que yo pienso —le interrumpió Charly.

—¡Ya lo creo que lo sabemos! —exclamó Estefi—. Seguro que detrás de todo esto ya estás imaginándote un crimen de los tuyos. ¿A que sí?

—En primer lugar, no sería mi crimen; y en segundo lugar, tampoco sería tan descabellada la idea. Al fin y al cabo, una vieja mansión como ésa se presta estupendamente para un crimen, o por ejemplo para un secuestro. Tiene cantidad de habitaciones en las que se puede ocultar a la víctima. ¡Y luego está ese jardín tan grande! Nadie escucharía los gritos de desesperación de las atormentadas víctimas.

—A no ser que alguien estuviese robando manzanas —opinó Rabanito.

Estefi se golpeó con el dedo índice sobre su frente.

—Charly, tú no estás bien de la cabeza.

—Pero, ¿por qué? Si se quiere resolver un crimen, hay que pensar también en lo que no es corriente. Eso os lo he dicho ya miles de veces. ¡Sólo hay que tener el olfato necesario y los nervios templados!

—¡Ya te tengo! —gritó de repente alguien detrás de Charly, agarrándole con las dos manos por el cuello.

Era su hermana Nicole. Ella también va a nuestro colegio, pero a una clase superior. En realidad no se llevan demasiado bien, aunque desde nuestra última excursión, durante la cual ella conoció a su novio Miki, su relación ha mejorado considerablemente.

Charly se estremeció, como si hubiera recibido una descarga eléctrica.

—¡Jo, Nicole! ¡Qué susto me has dado!

—Sí, sí, Charly —sonrió Estefi—. ¡Nervios templados!

—¿Qué es lo que quieres? —le preguntó Charly a su hermana.

—Sólo quería saber cómo había ido con tu colega.

—¿A ti también te ha estado calentando la cabeza con eso?

—¡Ya lo creo! Desde hace días no me habla de otra cosa.

—Ha sido muy interesante —dijo Charly, simple y llanamente, retorciendo el morro, ofendido.

—¿Interesante? —exclamó Nicole—. ¿Eso es todo? ¿No más casos nuevos?

—Nos ha dicho lo que tenemos que hacer para que no nos roben tan fácilmente en el colegio —contestó Rabanito en lugar de Charly.

—Vaya, pues entonces se lo podía haber explicado a la señora Sulte-Stratmann —opinó Nicole.

—¡Eh, tía, eh! ¿Qué pasa con la señora Sulte-Stratmann? —exclamé, sintiendo cómo, sin yo quererlo, se me subía la sangre a la cabeza.

Por desgracia, los demás también lo notaron.

Nicole soltó una carcajada.

—¡Ah, claro! ¿No es la señora Sulte-Stratmann tu amiga especial, Fede? Por cierto, ¿ya estáis prometidos?

Hay momentos en los que me alegro profundamente de no tener hermanos.

Por suerte, Charly me salvó de seguir sufriendo más humillaciones.

—Entonces, ¿qué es lo que pasa con la señora Sulte-Stratmann? —le preguntó a su hermana.

—Ayer tuvimos con ella Educación Física. Cuando terminamos, echó de repente en falta su polvera. Parece ser que era bastante valiosa. La cuestión es que armó la de San Quintín. Todos nos dedicamos a buscarla durante casi todo el recreo.

—¿Y...? ¿La habéis encontrado? —preguntó Estefi.

—No, sigue desaparecida. No había ni rastro. Tal vez deberíamos haber ido a buscar a Precioso. Él seguro que habría olfateado el polvo —añadió Nicole con una sonrisa maliciosa.

—Ése seguro que no —opinó Charly—. Ése sólo olfatea cuando hay algo que meterse en la boca.

De buena gana le habría cantado a Charly las cuarenta, pero me retuve. No quería llamar la atención de Nicole. Con un estúpido comentario ya tenía bastante. Pero me propuse demostrarle a Charly, de una vez por todas, que nuestro perro Precioso era algo muy especial.

Como tantas otras veces, después de clase nos tomamos una Coca-Cola en el cercano quiosco del señor Werther. La Coca-Cola estaba, como casi siempre, del tiempo; y el señor Werther, como casi siempre, de mal humor. Estoy convencido de que no le gustan los alumnos y eso que son sus mejores clientes. Incluso allí Charly nos estuvo machacando con la desaparecida polvera de la señora Sulte-Stratmann y el misterioso segundo inquilino de la casa del conserje: sus dos nuevos casos. Primero quiso ir a la casa del conserje para ver si descubríamos algo allí; después propuso volver al colegio y revisar a fondo los vestuarios en busca de la polvera de la señora Sulte-Stratmann. Cuando vio que no nos podía convencer para ninguna de las dos propuestas, se marchó de morros.

—¿Qué opinas? —me preguntó Rabanito cuando Charly quedó fuera de cobertura—. ¿Crees que el bedel tiene de verdad a alguien escondido en la mansión? A mí siempre me ha resultado algo siniestra.

—¡Sólo falta que tú también empieces con eso! —exclamó Estefi—. ¡No es más que un completo disparate!

Rabanito levantó la manos en señal de paz.

—¡Bueno, vale! No te pongas así, si sólo ha sido una pregunta.

Y sin que Estefi pudiera verlo, me guiñó un ojo.

Después de que ellos dos también se fueran a casa, yo me quedé en el quiosco del señor Werther pensando. Podía comprender a Estefi. Cuando Charly acusó a la señora Sulte-Stratmann de haber participado en el robo de un banco, yo me puse igual de furioso que Estefi con lo del bedel. Por otro lado, también a mí me invadió un escalofrío cuando Rabanito contó lo del grito en la vieja casa. Aunque, probablemente, tenía más que ver con la vieja casa en sí. En eso, tenía razón Rabanito. A la mayoría de los alumnos nos resultaba tenebrosa. Con sus contraventanas descolgadas y torcidas, la pintura desgastada y el salvaje jardín a su alrededor, parecía una casa embrujada y maldita. De todas formas, sinceramente, me preocupaba más la desaparición de la polvera de la señora Sulte-Stratmann, y más porque tan sólo había ocurrido un día antes de que el señor Stecker nos hablara de los robos en los vestuarios. Eso sí que era extraño.

De camino a casa soñaba con encontrar la polvera de la señora Sulte-Stratmann. Seguramente se pondría muy contenta y estaría muy agradecida si yo se la devolvía. Me imaginé la escena con todo detalle. ¡De repente tuve una idea! ¿Qué es lo que había dicho Nicole? Pues que Precioso seguro que habría olido el polvo. ¡Eso es! Si Precioso encontraba la polvera, yo podría matar dos pájaros de un tiro. La señora Sulte-Stratmann recuperaría su polvera y yo le podría demostrar a Charly el perro tan maravilloso que es Precioso.

Claro que primero tenía que entrenar un poco a Precioso. Quizá mi madre me prestaba su polvera para que Precioso viera, o mejor dicho oliera, lo que tenía que buscar. ¡Mi madre! De pronto me acordé de que le había prometido que compraría unos sellos en la oficina de correos. Consulté mi reloj. ¡ Hacía cinco minutos que correos había cerrado! Un susto repentino me estranguló la boca del estómago.

En realidad no es que sea muy grave. Cualquiera puede olvidarse alguna vez de algo así. Pero, a mí, siempre me entra ese endiablado cargo de conciencia. Desde la separación de mis padres, vivo con mi madre. Ella tiene que sacarme adelante solita y por eso trabaja mucho. Aunque siempre dice que no quiere que yo sufra con la situación ni tampoco que tenga la sensación de tener que ser especialmente considerado por ello, yo al menos no quiero olvidarme de las cosas que ella me pide.

Por eso, cuando llegué a casa, mi conciencia estaba bastante maltrecha.

—Venga, Fede, no pongas esa cara —dijo mamá—. Las cartas las puedo mandar también mañana.

—Aún podría ir a comprarte los sellos esta tarde —dije yo rápidamente—, porque correos vuelve a abrir.

Mamá asintió y me sonrió.

—Gracias, eres un sol. Pero no te olvides otra vez.

—Mamá, yo tampoco me explico cómo se me ha podido pasar por alto —me disculpé.

Entonces pensé si a ella le parecería bien que tuviese una novia como la señora Sulte-Stratmann. Tal vez, para ella, todo sería más fácil si además de conmigo se pudiera quedar con la señora Sulte-Stratmann, quiero decir, con la novia que sería como la señora Sulte-Stratmann, naturalmente.

—¿En qué estarás pensando esta vez? —dijo mamá devolviéndome a la realidad—. Seguro que te has olvidado de comprar los sellos porque estabas, como siempre, en las nubes. ¿Es que tenéis algún caso nuevo?

—La verdad es que sí. Tiene que ver con la señora Sulte-Stratmann.

—¡Federico! —exclamó mi madre asustada—. ¡Pero cómo es posible!

—Mamá, esta vez se trata de algo completamente distinto —dije rápidamente.

Por lo visto aún se acordaba perfectamente de aquella vez en la que, de repente, desapareció nuestra profesora de Biología.

—Eso espero —suspiró mamá—. ¿De qué se trata en esta ocasión?

Le conté lo de la polvera de la señora Sulte-Stratmann.

Pero no mencioné el supuesto grito de la mansión del conserje. Seguramente habría sido demasiado para ella. Además, eso sólo era una vaga sospecha, como diría Charly, mientras que la polvera de la señora Sulte-Stratmann había desaparecido de verdad.

—Si la polvera es realmente tan valiosa, la señora Sulte-Stratmann debería denunciar su desaparición a la policía. ¿Sabes si ya lo ha hecho?

En eso ni siquiera me había parado a pensar.

—No tengo ni idea. ¿Crees de verdad que la policía se interesará por una polvera?

—Si es valiosa, seguro que sí. Claro que también podría ser que sólo tuviera valor para ella. Puede que tenga que ver con recuerdos muy personales. Eso casi sería peor.

Me preguntaba qué clase de recuerdos podrían estar unidos a una polvera. Pero no le dije nada a mamá. Ese tipo de conversaciones suelen resultarme muy bochornosas. Sobre todo si tratan de la señora Sulte-Stratmann.

Por ello, simplemente dije:

—Por eso precisamente me gustaría ayudarla a encontrar su polvera.

Pero fue en vano. Mamá me sonrió muy tierna.

—Sería muy bonito que fueras precisamente tú el que le devolviera su preciado objeto, ¿verdad?

A veces tengo la firme convicción de que mi madre sabe leer los pensamientos.

—Pero si Nicole y los demás ya lo han buscado sin ningún éxito —añadió, sin esperar mi respuesta—, ¿cómo esperas encontrarla tú? ¿Quieres volver a registrar el vestuario?

—¡Sí! ¡Exactamente eso es lo que quiero! ¡Y Precioso va a ayudarme! Si la polvera sigue estando en el vestuario seguro que él la podrá oler.

Mamá asintió muy seria.

—Fede, eso seguro que funciona —dijo.

No estaba muy convencido de si ella lo decía realmente en serio, pero no insistí en ello.

—Exacto —afirmé—. Pero antes necesito algo.

—¿Qué es lo que necesitas? —me preguntó mamá, al ver que no seguía hablando.

—Necesito algo con lo que Precioso pueda olfatear la pista, por así decirlo. Y eso es tu polvera.

Mamá suspiró.

—Fede, hay que ver las cosas que se te ocurren…, pero estás de suerte. Aún tengo por ahí una vieja polvera que ya no utilizo. Si quieres te la puedo dar, aunque no creo que Precioso pueda encontrar precisamente con ella la pista de la polvera de la señora Sulte-Stratmann.

¡Ajá! ¡Ya lo sabía yo! Ella tampoco cree capaz a Precioso de tener capacidades excepcionales.

—Mamá, ya verás cómo lo consigue. ¡Seguro! ¡Todos infravaloráis a Precioso! Porque él es…

—¡Él es un perro muy inteligente! —añadió mamá sonriendo—. Sí, sí, Fede, ya lo sé.

Estaba impaciente porque acabáramos de comer y de recoger la cocina. No quería perder más tiempo para realizar mi plan de una vez. ¡Mi Precioso seguro que les daría a todos una lección!

2
¡Se prohíbe terminantemente la entrada e inmiscuirse en los asuntos privados!

A Precioso me lo encontré hace algún tiempo. Para ser exactos nos encontramos mutuamente detrás de un contenedor de basuras. Desde entonces somos inseparables. Si he de ser sincero, Precioso no es un perro especialmente bonito. Algunos incluso dicen que se parece más a una escobilla de váter ladrando que a un perro. Pero a mí eso me da igual, porque la apariencia no es lo que más importa en un perro.

Precioso ha debido de pasar media vida en la calle y eso le ha dejado sus huellas. Está bastante despeluchado. Le falta media oreja y tampoco tiene completos los dientes. Probablemente, que silbe en vez de ladrar, sobre todo, cuando está excitado o contento, se deba a esas mellas en su dentadura. Estefi pensó que un perro así, por lo menos, tenía que llamarse de una forma bonita, y por eso lo bautizamos con el nombre de Precioso.

En realidad hubiera querido que Precioso se quedara a vivir conmigo en casa, pero mamá no estuvo de acuerdo. Creo que si discutimos alguna vez, lo hacemos únicamente por Precioso. Por eso, lo instalamos en el huerto de los tíos de Charly, su tía Hilde y su tío Werner.

Desde el asunto de los enanos de jardín, sé que Precioso es un perro muy especial. Creo que se da cuenta de muchas más cosas que nosotros, y sobre todo, de muchas más de las que Charly se imagina. Charly siempre está intentando enseñarle algún nuevo truco, pero Precioso pasa categóricamente de él. Para mí, eso es señal de una inteligencia de otra dimensión. Claro que precisamente por eso, a Charly no se le puede hablar mucho de Precioso, o al menos eso es lo que él quiere hacernos creer. Así que a Precioso únicamente lo admitió en Charly & Company como medio miembro de la agencia. Pero estoy seguro de que, en realidad, lo quiere mucho más de lo que dice, igual que yo. Lo único que me da rabia es que siga sin reconocer públicamente que Precioso es un perro muy inteligente. Quién sabe, tal vez la polvera de la señora Sulte-Stratmann pueda presentar la prueba definitiva.

Cuando llegué al huerto, después de haberme pasado por la oficina de correos, el tío Werner aún estaba allí.

—¡Hola, Fede! —me saludó—. Ahora mismo me disponía a irme a casa. Ya le he dado de comer a Precioso, de modo que no tienes que darle nada.

—Gracias, tío Werner. Menos mal que me lo has dicho. Seguro que Precioso se habría zampado también lo que le traigo.

—¡Puedes apostar por ello! —se rió el tío Werner mientras se montaba con agilidad en su bicicleta.

A mí me parecía estupendo poder estar con Precioso a solas. Charly, Estefi y Rabanito no iban a venir hasta dentro de una hora. Como el huerto no está muy lejos de nuestro colegio, tal vez con la ayuda de Precioso me daba tiempo de encontrar la polvera.

Al verme, mi pequeño amigo me saludó con mucho entusiasmo saltando sobre mí, sin apartar, no obstante, su nariz de mi bolsillo, en el que llevaba algunas delicias para él. Me giré para comprobar si ya se había ido el tío Werner. Luego saqué algunas galletas para perros de mi bolsillo y se las ofrecí a Precioso. Éste se abalanzó enseguida sobre ellas.

—Aunque hayas acabado de comer hace un momento, estas galletas aún te caben, ¿verdad, pequeñín? —le dije.

Precioso me miró. Como tantas otras veces, noté claramente que quería decirme algo. Tal vez quisiera mostrarme su gratitud.

—Come tranquilo —le dije, mientras le observaba en su tarea preferida—. Tienes que estar fuerte, porque nosotros dos aún tenemos que solucionar un pequeño asunto.

Precioso dejó de comer y se quedó mirándome. ¿Por qué me miraba precisamente ahora? ¿Había entendido lo que le había dicho? ¡Eso era imposible! ¿O tal vez no?

Cuando acabó de zamparse hasta la última miga de las galletas de perro, saqué la polvera de mamá. Me arrodille ante él, abrí la polvera y se la puse bajo la nariz.

—¡Mira, Precioso! Huele. Una polvera como ésta vas a tener que buscar ahora para mí.

Precioso olfateó la polvera abierta. Luego retrocedió de un brinco, aulló en voz baja, estornudó tres veces, y silbó un poco por su diente mellado.

—¿Qué? No te gusta el polvo de las damas, ¿eh? —le pregunté.

De buena gana me habría echado a reír a carcajadas, pero no lo hice. Al fin y al cabo no quería ofender a Precioso.

Me levanté.

—Bueno, ahora ven conmigo. Nos vamos al colegio.

Como Precioso no mostraba ninguna intención de seguirme, me acerqué a él y lo cogí en brazos.

—Está bien —dije suspirando—. Te llevaré yo, pero como sigas así, dentro de poco se te va a olvidar andar. No sé cómo lo haces que siempre me convences.

Antes de dirigirme a los vestuarios, eché un vistazo al gimnasio para asegurarme de que allí no quedaba nadie. Como nuestro gimnasio también se utiliza a menudo por las tardes, el bedel no lo cierra hasta última hora, por lo que conseguí llegar a los vestuarios a través de él sin ningún problema.

Era una sensación extraña entrar en el vestuario de las chicas. Pero sólo allí podía haber perdido la señora Sulte-Stratmann su polvera.

Deposité a Precioso en el suelo y saqué nuevamente la polvera de mamá. Se la puse a Precioso delante de sus narices. Él ladeó un poco la cabeza, la miró detenidamente, pero no se acercó hasta ella.

—Busca, Precioso —le susurré—. Busca la polvera de la señora Sulte-Stratmann.

Y realmente lo hizo, se giró y comenzó a olfatear por el vestuario. ¡Funcionaba! ¡Tenía que haberlo visto Charly! Con Precioso sólo había que encontrar el tono adecuado.

Las estrechas taquillas en las que guardábamos nuestras cosas durante la clase de Educación Física no se podían cerrar con llave. Miré en cada una de ellas, registré cada rincón sin éxito. De vez en cuando observaba a Precioso. Él también se metía entre los armarios y por debajo de los bancos. Pero tampoco parecía encontrar nada. Estaba a punto de darme por vencido, cuando Precioso desapareció en el último rincón del vestuario y, de repente, empezó a silbar.

—Precioso, ¿has encontrado algo? —exclamé, olvidándome de toda prudencia.

En el mismo instante, volvió a aparecer mi pequeño perro. Llevaba algo en la boca. Sólo que no era la polvera de mi profesora de Biología. ¡Era una media de nailon! Eso no era de ninguna alumna. Una media de ese tipo sólo la llevaba una mujer adulta. ¿La señora Sulte-Stratmann? A mí me entraron sudores fríos. ¿Era posible que esa media, que Precioso estaba dejándome a mis pies moviendo el rabo, hubiese sido llevada alguna vez por… ella?

Me agaché, cogí la media con dos dedos. Mis manos temblaban. Era una media bonita. Negra, un

poco brillante, con una pequeña carrera; posiblemente la había hecho Precioso al morderla. Me imaginaba la media sobre la pierna de la señora Sulte-Stratmann. Mi corazón se aceleró. Pero, ¿llevaba ella medias de ese tipo? Intenté recordar. Desde luego que había bastantes posibilidades de que la hubiera visto alguna vez en ella. Pero no era lo mismo ver una media en la pierna de la señora Sulte-Stratmann, que verla cogida entre dos dedos. Dentro de mí se libraba una batalla. ¿Debía llevármela? La tentación de poseer algo tan personal de la señora Sulte-Stratmann era casi irresistible. Pero, por otra parte, ¿qué iban a pensar Charly, Estefi y Rabanito si me la pillaban? ¡O mi madre! ¡La vergüenza sería inimaginable!

Además, no podía estar seguro de que perteneciera realmente a la señora Sulte-Stratmann. Al fin y al cabo, las alumnas de las clases superiores también llevaban medias de ese tipo. En teoría, incluso podía ser de Nicole. La dejé caer. Aterrizó sobre la cabeza de Precioso, que intentó liberarse de ella gruñendo. Con ello, le hizo un par de buenos agujeros a la media y me liberó así de la decisión.

—Ven, Precioso, nos largamos ya —le susurré, lo cogí en brazos y me marché de allí poniendo pies en polvorosa.

No había encontrado la polvera de la señora Sulte-Stratmann. Pero no estaba insatisfecho del todo. Al fin y al cabo había conseguido que Precioso la buscara. Y había sostenido en mis manos una media que posiblemente, qué digo, con toda seguridad, había llevado puesta la señora Sulte-Stratmann. Era como si ahora nos uniera algo así como un secreto. Era una visión maravillosa.

Cuando llegué al huerto, los demás ya me estaban esperando.

—Pero Fede, ¿dónde has estado? —me preguntó Rabanito.

—Precioso y yo nos fuimos a pasear un poco por ahí —mentí—. No va a estar siempre aquí metido en el huerto, ¿no?

—¿Por eso es por lo que traes esa cara de felicidad? —me preguntó Estefi con mirada examinadora.

De buena gana le habría contado mi pequeño secreto. Estoy seguro de que ella me entendería, aunque lo que no sé es si un calcetín del conserje le habría producido a ella el mismo efecto que la media en mí.

—Fede, he recapacitado sobre lo de Precioso —dijo Charly de repente.

—¡Eh, tío, eh! ¿A qué te refieres?

—Es que..., ¿no fuiste tú el que propuso que Precioso buscara la polvera de la señora Sulte-Stratmann? Pues creo que deberíamos intentarlo, aunque no tengo demasiadas esperanzas en ello.

Mis pensamientos empezaron a dar saltos mortales en mi cabeza. Por una parte, no había peligro, porque ni Charly ni los demás sabían que yo ya había estado en los vestuarios, y por suerte, Precioso no podía hablar. ¿Pero qué ocurriría si volvíamos a dar con la media? A lo mejor me delataría yo mismo, o entonces tendría que compartir mi pequeño secreto con mis amigos. ¡Y yo no quería eso, de ninguna de las maneras!

—Si no estás seguro, mejor lo dejamos —dije con aire testarudo, mientras pensaba en cómo convencer a Charly sin que sospechase nada.

A fin de cuentas siempre era yo el que insistía en decir que Precioso era capaz de hacerlo, y ahora, además estaba seguro de ello.

—Venga, no te enfades, hombre —dijo Estefi—. A mí la propuesta de Charly no me parece tan mal. Al menos promete ser divertida.

Súbitamente me acordé de lo que me había dicho mamá.

—A lo mejor la señora Sulte-Stratmann ya ha ido a la policía —dije por la vía directa—. Si la polvera era tan valiosa, seguramente ya habrá denunciado su desaparición.

—De todas formas, Precioso puede buscar la polvera. Así la encontraremos antes que la policía.

—¡Eh, tío, eh! ¿Y qué pasa con las huellas? ¡A lo mejor borramos huellas!

—O dejamos las nuestras —dijo Estefi con una amplia sonrisa—. Después de las indicaciones que Charly le ha dado hoy al señor Stecker, seguro que, a partir de ahora, lo primero que hará será buscar las huellas dactilares en el lugar del crimen.

Charly movió la cabeza.

—Estefi, sé tomarme el pelo yo solito. Pero, ciertamente, es posible que la señora Sulte-Stratmann ya haya interpuesto la denuncia correspondiente ante el señor Stecker.

—¿Y? —preguntó Rabanito—. ¿Qué tiene eso que ver con la búsqueda de Precioso?

—Nada. Pero aun así no quiero adelantarme a la policía. Tal vez podamos trabajar juntos. Al menos deberíamos proponérselo al señor Stecker.

—Para eso, primero tendrías que saber si existe esa denuncia —opinó Rabanito.

—Nada más fácil que eso —le contestó Charly—. Simplemente vamos a ver al señor Stecker y se lo preguntamos.

—¡De eso ni hablar! —exclamó Rabanito—. ¡Yo no hago el ridículo de esa manera! Además, seguro que a la señora Sulte-Stratmann no le entusiasma la idea de que husmeemos a sus espaldas.

Sabía perfectamente a lo que se refería Rabanito. Si había algo que la señora Sulte-Stratmann odiaba, eso era que los alumnos husmearan en su vida privada. Ya lo habíamos experimentado más de una vez. Todo lo que la señora Sulte-Stratmann tiene de guapa, lo tiene de severa.

—¡Eh, tío, eh! Seguro que no se entera —dije a pesar de todo, porque era la única manera de desviar a Charly de su plan inicial.

—Fede, me tienes sorprendida —dijo Estefi—. Pero yo también estoy a favor de ir a ver al señor Stecker. Me muero de ganas por oír lo que Charly le va a contar.

Gracias al caso de Papá Noel, ya sabíamos dónde tenía el señor Stecker su despacho, y lo encontramos sin ninguna dificultad. El colega de Charly se quedó boquiabierto cuando, de repente, aparecimos en su despacho. Para ser exactos, más bien parecía que nuestra presencia le atacaba los nervios.

—¿No os dije que ya os llamaría por teléfono cuando os necesitara? —renegó—. Si os habéis creído que ahora podéis aparecer aquí todos los días, os...

—En realidad no es lo que parece —interrumpió Charly al Inspector Jefe de la brigada criminal—. En nuestro colegio se ha producido un robo.

El señor Stecker prestó atención.

—¡No me digas! Vaya, parece increíble. Teniendo en cuenta que esta mañana os he explicado cómo uno se podía proteger de ello.

—Es que no nos han robado a nosotros —contestó Charly—, sino a una de nuestras profesoras. Su nombre es señora Sulte-Stratmann.

—Ya. Y entonces, ¿por qué venís vosotros y no ella misma?

—Porque queríamos saber si nuestra profesora ha puesto la denuncia —contestó Rabanito—. Ya que, de lo contrario, queremos aconsejarla que lo haga.

El señor Stecker asintió.

—Eso está muy bien. ¿Qué es lo que ha sido robado?

—Una polvera —contestó Charly.

El señor Stecker miró a su colega por encima de sus gafas.

—Polvera —dijo entonces en voz baja.

—Exacto, una polvera.

El señor Stecker se levantó de un brinco.

—¡Oye!, ¿queréis tomarme el pelo? ¿Pensáis que la policía no tiene nada mejor que hacer que ocuparse de semejantes majaderías? ¿Por qué no os vais a casa a calentarles los cascos a vuestros padres?

Del susto reculamos un paso hacia atrás. Incluso Precioso silbaba nervioso en mis brazos.

—¡No es ninguna majadería! —exclamó Estefi—. La polvera tiene que ser muy valiosa. ¡La han robado de los vestuarios y toda la clase que tenía Educación Física con la señora Sulte-Stratmann ha tenido que ponerse a buscarla!

El señor Stecker volvió a sentarse, carraspeó un poco y se colocó las gafas en su sitio.

—Está bien —dijo dirigiéndose a Estefi—.

Tú pareces la más sensata de vuestro club de detectives.

—Agencia de detectives —le corrigió Charly, quien con una sola mirada del señor Stecker volvió a callarse de inmediato.

—Si la polvera es realmente valiosa, vuestra profesora debería denunciarlo. Sólo así podremos ayudarla.

—¿Es que aún no lo ha hecho? —preguntó Estefi.

—¿Cómo se llama? ¿Sulte-Stratmann? —preguntó el señor Stecker mientras rebuscaba en uno de los cajones del escritorio—. No, no hay ningún expediente sobre una señora Sulte-Stratmann, al menos en los últimos tres días.

—Entonces es que no ha estado aquí —dijo Charly—. Porque el suceso ocurrió ayer.

—Ahora creo que es mejor que os marchéis ya... —dijo el señor Stecker en voz baja.

—Pues con ése no has ganado un amigo que digamos, ¿eh, Charly? —dijo Rabanito, una vez fuera de la comisaría de policía.

—Bah —contestó Charly—. Que no se ponga así, que si no hubiera sido por nosotros no se habría enterado de lo de la polvera de la señora Sulte-Stratmann.

—A lo mejor no quería ni enterarse —opinó Estefi—. Seguro que tiene trabajo de sobra. Ése no pierde el sueño por ocuparse de una simple polvera de una profesora.

—Pero ahora tendrá que hacerlo. Porque en este momento el caso está, por llamarlo de alguna forma, listo para el expediente.

—¡Eh, tío, eh! Entonces será mejor que esperemos a ver qué hace, en vez de buscar por nuestra cuenta la polvera en los vestuarios.

Estefi consultó su reloj.

—De todas formas ya es demasiado tarde para eso. Deberíamos llevar a Precioso de vuelta al huerto, y luego, irnos a casa.

—¡Exacto! ¡Vámonos! —exclamé.

—Ojalá no lo hubiéramos hecho —dijo Rabanito de repente—. Si la señora Sulte-Stratmann se entera de que hemos estado en comisaría por lo de su polvera, podemos ir preparándonos.

Ni durante el trayecto al huerto, ni de camino a casa pude quitarme de la cabeza lo que había dicho Rabanito. Prefería no recordar cómo ella me había mirado la última vez que nos metimos en sus asuntos. No quería volver a pasar por aquello.

Para sorpresa de mi madre acabé muy pronto de cenar.

—Federico, si no has comido casi nada. ¿No estarás enfermo?

Deliberé durante unos instantes si contarle mis miedos referentes a la señora Sulte-Stratmann. Pero decidí no hacerlo. No quería preocuparla con mis cosas. Ella ya tenía bastante con las suyas.

—No te preocupes, mamá —le contesté—. No estoy enfermo. Es sólo que no tengo hambre y estoy cansado.

Eso no era mentira. Estaba realmente cansado. Aun así no podía dormirme. Una y otra vez pensaba en la señora Sulte-Stratmann, en su media y también en su mirada, si se enteraba de que habíamos estado en la policía por la desaparición de su polvera.

En algún momento me quedé dormido.

De pronto volví a estar con Precioso en mis brazos delante de los vestuarios. En la puerta colgaba un letrero que decía: «Chicas: ¡Se prohíbe terminantemente la entrada e inmiscuirse en los asuntos privados!». Reuní todo mi valor y quise entrar. En ese mismo instante la puerta se abrió desde dentro. En el último segundo me pude esconder tras un saliente de la pared. Con mucho cuidado espié tras la esquina y vi a la señora Sulte-Stratmann salir de los vestuarios. Vestía una falda y llevaba ¡sólo una media! Pasó por mi lado, pero por suerte no me descubrió. Cuando estuve seguro de que ella había abandonado el gimnasio, me atreví a salir de mi escondite y entré en los vestuarios. Y ahí estaba: la otra media de la señora Sulte-Stratmann. Precioso saltó de mis brazos y me la trajo. La cogí con dos dedos y, no sé por qué, me la puse en la cabeza.

Me giré hacia la puerta y pensé que se me paraba el corazón. Sin que me hubiera dado cuenta, la señora Sulte-Stratmann había vuelto y esta vez con el Inspector Stecker. La mirada que me echó me congeló la sangre en las venas.

—Federico, ¿qué estás haciendo con mi media? —me gritó la señora Sulte-Stratmann.

—Esto, esto es un atraco —tartamudeé.

No se me ocurrió nada mejor.

Y exactamente ése fue mi error. El señor Stecker se abalanzó sobre mí y me puso las esposas.

—Quedas detenido por el atraco a un banco, por allanamiento de los vestuarios de las chicas, por el robo de una media de señora y por inmiscuirte en asuntos privados.

Mientras me estaba deteniendo, la señora

Sulte-Stratmann me atravesaba con su mirada. ¡Fue horrible!

Con sirenas fui conducido en coche a la cárcel y metido en una oscura, húmeda y fría celda. Estaba desesperado. Sólo cuando descubrí a Charly en la celda de al lado, me sentí un poco mejor. Por lo visto, el señor Stecker también le había detenido, a él por hacerse pasar por comisario e interrogar a conserjes sospechosos. Cuando recibió la visita de Nicole, primero sentí envidia porque yo no recibía visitas, pero después, cuando oí que Nicole lo único que hacía era reírse de él, me alegré de no tener hermanos.

Y entonces vino mamá. Tenía los ojos rojos de llorar. Con la voz ahogada me contó que el señor Stecker estaba moviendo cielo y tierra para que me condenaran a cadena perpetua. ¡Cadena perpetua! ¡Mi vida entera malviviendo en ese húmedo agujero! ¡No volvería a ver a nadie! Ni a mis amigos, ni a Precioso, ni a mamá, ni tampoco a la señora Sulte-Stratmann! ¡Nunca más! ¡Nunca más!

Cuando me desperté estaba completamente erguido, sentado en la cama. Tenía el pijama pegado a mi cuerpo y grandes gotas de sudor me recorrían la espalda.

Me levanté. Me temblaban las piernas. Tuve que sujetarme a mi cama, o de lo contrario me habría caído. Me arrastré hasta la cocina. Mamá hacía tiempo que se había ido a la cama. Todo estaba en silencio. Me serví un poco de leche en un vaso y recé para que la señora Sulte-Stratmann nunca se enterara de que habíamos estado en la policía y mucho menos de que yo había encontrado su media. Al día siguiente teníamos Biología con ella. No tenía que pensar en que entonces tendría que volver a mirarla a los ojos.

Mi desayuno no fue mucho más extenso que la cena. Me sentía como pasado por una trilladora.

Aunque mamá no dijo nada, sentí claramente sus preocupadas miradas. Por si no tenía ya bastante, ahora también estaba preocupada por mí. Es lo último que querría, pero no podía hacer nada para evitarlo. Si conseguía pasar ese día medianamente bien, seguro que volvería a estar de buen humor, comería bien y ayudaría a mamá en lo que pudiera.

Por suerte teníamos Biología a segunda hora.

Así podía pasar el mal trago relativamente pronto. En el corto período de tiempo entre la primera y la segunda clase, mis tripas se revolucionaron como si me hubiera comido medio kilo de col en vinagre. De buena gana me habría ido al servicio, pero no me atreví.

¡Y entonces llegó! Todos y cada uno de mis músculos estaban en tensión, mientras observaba su cara y cada uno de sus movimientos. Parecía estar como siempre. Nada en su comportamiento era sospechoso. ¡Pero, ahí! ¿No había sido eso una pequeña mirada de reojo hacia mí? No, me había equivocado. Ahora estaba rebuscando en su cartera. ¿Sacaría ahora la media y la sostendría en alto de forma triunfal como si de una prueba se tratara? No, sólo había estado buscando las hojas de ejercicios para el próximo examen de Biología. Ahora llegaba la hora de la verdad. Estaba a puntito de llegar a mi sitio. Se acercaba más y más.

—Federico, estás muy pálido. ¿Te ocurre algo? ¿Te encuentras mal?

Estaba frente a mí y me miraba. Aunque, en realidad, su mirada no parecía furiosa, sino más bien

preocupada. Abrí la boca para contestarle, pero sólo conseguí soltar un ruido. Creo que fue un gruñido.

—Federico, ¿has dicho algo? —me preguntó todavía preocupada, mientras pude oír las primeras risitas tras de mí.

—No, estoy bien —conseguí finalmente decir.

La señora Sulte-Stratmann asintió.

—Eso me tranquiliza.

De ahí en adelante la clase de Biología fue completamente normal. No había ningún indicio de que nuestra visita a la comisaría de la policía, o mi intromisión en los vestuarios de las chicas hubieran sido descubiertas. Cuando sonó el timbre para la pausa, por lo menos se me habían quitado cincuenta kilos de peso de encima.

—¿Qué es lo que te pasaba? —me preguntó Estefi, mientras yo devoraba con un hambre voraz mi bocadillo.

—No me sentía bien —le contesté—. Algo de estómago. Pero ahora ya estoy mucho mejor.

—Ya se ve, ya.

—¡Mirad, ahí viene «Gran Siggi»! —exclamó Rabanito de repente—. ¿Le toca hacer recreo?

Charly asintió.

—Creo que sí. ¡Tíos, parece como si viniera hacia nosotros!

Yo me giré. Charly tenía razón. «Gran Siggi» venía directamente hacia nosotros.

—¡Eh, tíos, eh! ¿Qué querrá de nosotros?

Antes de que nadie pudiera contestarme, teníamos a «Gran Siggi» ante nosotros. Es nuestro tutor y, en realidad, se llama Schlüter. Pero todos le llamamos «Gran Siggi», porque es casi tan ancho como largo.

—Que vayáis a la sala de profesores. La señora Sulte-Stratmann quiere hablar con vosotros.

El bocadillo en mi estómago se convirtió al instante en una piedra.

—¿Qué es lo que quiere de nosotros? —le preguntó Estefi.

—No tengo ni idea, pero el que tengáis que ir a verla en los recreos ya se está convirtiendo casi en un hábito. ¿Qué es lo que habéis hecho esta vez, eh?

—Ni idea —dijo Charly con cara de no haber roto un plato en su vida.

Pero de repente se había quedado muy pálido, y Rabanito y Estefi tampoco ponían cara de estar para dar saltos de alegría. Y prefiero no describir cómo me sentía yo. ¡Mi pesadilla se volvía realidad!

En silencio nos pusimos en camino hacia la sala de profesores.

Ningún otro lugar en el colegio me inspira más respeto y temor que la sala de profesores. Para mí, es como una especie de lugar sagrado al que los profesores se retiran en las pausas, mantienen reuniones y juzgan sobre el destino de los alumnos. A ninguno de nosotros le gusta ir allí, ni tan siquiera llamar a la puerta, una puerta que aparenta ser mucho más grande que todas las demás.

Por eso, fuimos andando muy despacio, aunque no nos sirvió de nada. Pues llegó un momento en el que nos vimos allí delante. Después de titubear un poco, Estefi llamó.

Tan sólo unos segundos más tarde, se abrió el portón al sagrado lugar de los profesores, y la señora Sulte-Stratmann y el Inspector Jefe Stecker de la brigada criminal de policía aparecieron en el umbral de la puerta.

3
Conserje busca polvera

La señora Sulte-Stratmann nos miró uno a uno. ¡Ésa era la mirada de mi pesadilla! Luego se dirigió al señor Stecker.

—¿Son estos cuatro? —le preguntó.

El señor Stecker asintió.

—Sí, son ellos, aunque ayer también llevaban un perro pequeño muy raro.

La señora Sulte-Stratmann puso los brazos en jarras y se inclinó un poco hacia nosotros. Su mirada caía sobre nosotros como rayos fulminantes.

—¿Por qué fuisteis ayer a la policía? Espero una explicación. ¡Inmediatamente!

—Nosotros sólo queríamos ayudarla —consiguió decir Charly acongojado.

—¿Ayudar? ¡Pero yo no quiero que me ayudéis! ¿Cuántas veces más tengo que decíroslo para que lo entendáis?

—¿Es que ya ha encontrado usted su polvera? —preguntó Rabanito con la boca pequeña.

—No, sigue sin aparecer. ¡Pero no se trata de eso! ¡Se trata de que aprendáis de una vez que no debéis meteros en las cosas que no os importan! ¿Lo habéis entendido?

Asentimos como buenos chicos.

Después siguió un largo sermón de la señora Sulte-Stratmann, en el que no salimos muy bien parados. Pero eso ya no fue tan grave, porque mientras habla se puede aguantar. Es cuando no dice nada y solamente mira, cuando la cosa se pone fea de verdad. Además, no mencionó en ningún momento ni los vestuarios, ni la media. Así que de ese tema todavía no sabía nada y, si de mí dependía, no se enteraría nunca.

Resultó un error el haber ido tan lentamente del patio a la sala de profesores, porque el recreo terminó antes de que la señora Sulte-Stratmann acabara con nosotros. Al menos uno de cada dos alumnos que pasó por delante de la sala de profesores para volver a sus respectivas aulas se paró para ver cómo la señora Sulte-Stratmann nos estaba despellejando vivos. No pasó mucho tiempo para que nos viésemos rodeados de una cantidad casi indivisible de alumnos que se alegraban de nuestra desgracia. Entre ellos descubrí al «guapo de Gerardo», nuestro profesor de Matemáticas. Incluso él estaba escuchando atentamente lo que la señora Sulte-Stratmann nos estaba diciendo.

—¡Eh! ¿Pero qué ocurre aquí? —escuché de repente—. ¿Es que queréis atacar la sala de profesores, o qué?

Era el nuevo bedel. Con gran esfuerzo se fue abriendo paso entre la masa de espectadores. Cuando descubrió a la señora Sulte-Stratmann frenó en seco y se quedó petrificado.

—¡Oh! Señora Sulte-Stratmann. Perdone. No había visto que usted también estaba aquí.

De forma tímida le sonrió a nuestra profesora de Biología. ¡Estaba realmente cortado! Si no me equivoco su cara hasta se tornó un poco sonrosada. ¿Acaso a él también le gustaba la señora Sulte-Stratmann tanto como a mí? Mi mirada se dirigió a Estefi. Con la cara distorsionada miraba del conserje a la señora Sulte-Stratmann y viceversa. Al parecer a ella tampoco le había pasado por alto su retraimiento al ver a la señora Sulte-Stratmann.

—No importa —dijo la señora Sulte-Stratmann sonriéndole amablemente—. Tenía que decirles a mis pupilos aquí presentes unas cuantas palabras, pero ya estoy terminando.

El conserje nos miró.

—Vaya —dijo entonces—. ¡Parece que habéis visto un fantasma!

Tal como lo dijo, sonó como si realmente nos estuviese compadeciendo.

—¿Qué es lo que han hecho? —le preguntó a nuestra profesora.

—¡No creo que el asunto sea de su incumbencia! —exclamó «el guapo de Gerardo», desde su posición de espectador.

¿Qué había sido eso? Esto se ponía interesante. En realidad «el guapo de Gerardo» no es tan guapo, pero él sí se lo cree. Sobre todo, no pierde ocasión de flirtear con nuestras profesoras, y la señora Sulte-Stratmann es una de sus víctimas preferidas. Su exclamación había sonado bastante a celos. Lo cual tampoco había pasado desapercibido a los demás. La cuestión es que la generalizada atención se desvió de nosotros y todos quedaron expectantes de un eminente drama de celos entre el bedel y «el guapo de Gerardo».

Para desgracia de los espectadores, el señor Stecker les ahogó la fiesta ateniéndose a los hechos fácticos, como hubiera dicho Charly.

—Se trata de una polvera que ha perdido su compañera —contestó a la pregunta del bedel.

—¡Ella no es su compañera! ¡Él sólo es el conserje! —lo intentó «el guapo de Gerardo» de nuevo.

—¿Una polvera? —exclamó el bedel sin entrar en el comentario de nuestro profesor de Matemáticas.

Metió la mano en su bolsillo, sacó una polvera de plata y la sostuvo en el aire.

—¿Se refiere a esta polvera? —le preguntó al señor Stecker.

—¡Sí, ésa es! —exclamó la señora Sulte-Stratmann con la cara radiante de alegría como pocas veces le había visto.

El bedel se la entregó.

—¡Gracias! A esta pieza me unen unos recuerdos muy personales —dijo ella mirándole de una forma que me derretía el corazón.

Me imaginaba cómo hubiera sido todo de ser yo el que hubiera encontrado su polvera. Pero yo sólo había encontrado una media de la que ni siquiera podía hablar. Y encima, me encontraba allí, como si fuera un delincuente peligroso. ¿Por qué no tendré yo tanta suerte, aunque sólo sea por una vez?

—¿De dónde la ha sacado? —preguntó Charly devolviéndome a la realidad.

¿Pero es que aún no tenía bastante?

—¡No creo que eso sea asunto tuyo! —le puso la señora Sulte-Stratmann rápidamente en su sitio.

—¡No, no! —volvió a tomar «el guapo de Gerardo» la palabra—. A mí también me gustaría saber cómo ha conseguido esa polvera.

El conserje se encogió de hombros.

—La explicación es muy sencilla. Me la encontré ayer en los vestuarios. Estaba enganchada entre dos bancos.

—¿Y por qué no la ha mostrado hasta ahora, que está aquí la policía? —preguntó Charly—. ¿Acaso quería quedársela?

—¡Charly! ¡Ya es suficiente!

Charly debería tener más cuidado, porque la señora Sulte-Stratmann estaba empezando a ponerse realmente furiosa.

—¡No sea usted tan severa con él! —se rió el bedel—. Los niños son así. Les gusta jugar a detectives.

Charly abrió la boca para protestar, pero antes de que pudiera hacerlo, Estefi le propinó un codazo en el costado.

—Me la encontré ayer, después de clase, cuando ya no quedaba nadie aquí —siguió contando el conserje—. Antes de llevarla a la oficina de objetos perdidos quería enseñársela a los profesores. En realidad ésa es la razón por la que había venido aquí.

¡Después de clase! Entonces debió de estar allí antes que yo, porque de lo contrario Precioso y yo, garantizado, la habríamos encontrado. ¡Si me hubiera dado más prisa...! Por otra parte, podía darme con un canto en los dientes, por no haberme topado con el bedel, y sobre todo, justo en el momento en el que sostenía la media en la mano.

—No tiene usted por qué justificarse, señor conserje. Usted me ha devuelto esta bonita pieza y por ello le estoy muy, muy agradecida —dijo la señora Sulte-Stratmann.

¡Y nuevamente esa mirada! ¡Ay, si tan sólo una vez me mirase a mí de esa manera!

La cara del conserje se puso roja como un tomate. ¡Era obvio! ¡Me había salido un competidor!

—¡Bueno, la función se ha acabado! —exclamó «el guapo de Gerardo» dando unas palmadas—. Ya es hora de que os vayáis a vuestras clases. Y usted, señor bedel, debería volver a su trabajo.

—Ya estoy de camino —contestó el conserje con una sonrisa, pero en sus ojos brilló algo que no parecía nada amable.

—¡Los niños son así, les gusta jugar a detectives! —bufó Charly en tono de burla cuando, después de clase, estábamos en el quiosco del señor Werther dejándonos sermonear por él y bebiéndonos su calenturienta Coca-Cola—. ¿Pero qué se habrá creído ése?

—¡Eh, tío, eh! —exclamé yo—. ¡Tranquilízate de una vez! Ha encontrado la polvera. ¡Se acabó! Deberíamos darnos con un canto en los dientes por haber salido tan bien parados en esta ocasión.

—¿Bien parados dices? —contestó Estefi—. Ha sido vergonzoso. Sobre todo cuando se terminó la pausa y todos se quedaron a nuestro alrededor mirándonos como si fuéramos monos de feria.

—¿Habéis visto con qué ojos miraba el bedel a la señora Sulte-Stratmann? —preguntó Rabanito—. Se ha puesto como un tomate cuando ella le ha dado las gracias.

—No se nos ha escapado el detalle —gruñó Estefi.

—¡Y «el guapo de Gerardo» estaba que trinaba de celos! —se rió Rabanito.

—Vosotros podéis decir lo que queráis —metió baza Charly—, pero ese bedel no es trigo limpio.

—¿A qué viene eso ahora? —dijo Estefi demasiado subida de tono—. ¿Pero es que no eres capaz de entender que en cierto modo nos ha salvado? ¡Y sobre todo a ti, Charly! No podías mantener la boca cerrada, ¿verdad? ¡Y encima tuviste que acusarle!

—¡Bueno, incluso tú tendrás que reconocer que sus explicaciones han sido bastante pobres! ¿Por qué no sacó la polvera hasta que el señor Stecker habló de ella? ¿Y por qué no la encontraron Nicole y los demás, si estuvieron durante todo el recreo buscándola?

—A mí me parece que el nuevo conserje es muy bueno con nosotros —opinó Rabanito—. Al fin y al cabo nos defendió ante la señora Sulte-Stratmann.

—Sí —exclamó Charly—, ¡tratándonos como niños pequeños que aún juegan con el cubo y la pala!

Estefi hizo un movimiento despectivo con la mano.

—¡Bah, estás chiflado! Venga, Rabanito, vámonos a casa. Por hoy ya he tenido bastante.

—¡Está bien, largaos! —gritó Charly tras ellos.

Entonces se dio media vuelta y también se marchó, echando chispas, en dirección opuesta.

Y nuevamente me encontré solo, con una Coca-Cola caliente, en el quiosco del señor Werther. Miré hacia el cielo. Habían anunciado tormentas para la tarde. En el cielo se dibujaban ya las primeras nubes oscuras. De alguna manera hacían juego con mi estado de ánimo.

Ya he contado algo sobre la capacidad de mi

madre de leer los pensamientos, ¿verdad? Pues cuando llegué a casa demostró nuevamente su talento.

—Fede, ¿qué te pasa? —me preguntó nada más entrar por la puerta—. ¿Habéis tenido problemas en el colegio?

—Bueno, la verdad es que sí —le contesté con precaución.

Era inútil negarlo. Mamá sabe ser muy obstinada cuando se trata de averiguar algo.

—¿Qué ha pasado? ¿Te ha salido mal un examen?

—No, no es eso. Fue por Charly, bueno, en realidad, no exactamente.

Mamá se quedó mirándome y suspiró.

—Fede, ¿sabes qué? Vamos a comer primero tranquilamente y después me lo cuentas todo.

La idea de contárselo después de comer me pareció bien. Eso me daba tiempo para pensar en la versión que debía contarle. Después de meditar sobre varias versiones, me decidí por la verdad. No me dejé ningún detalle, ni siquiera lo cortado que se quedó el conserje cuando la señora Sulte-Stratmann le dio las gracias.

—Eso no ha estado nada bien por vuestra parte —dijo mamá cuando terminé la historia.

—¿A qué te refieres, mamá?

—Me refiero a vuestro comportamiento con el bedel. En primer lugar, ha encontrado la polvera, por la que al parecer tanto os preocupabais; luego, os ha defendido frente a vuestra profesora, y en agradecimiento, vosotros le acusáis de haber robado la polvera, o al menos, de no querer devolverla.

—¿Y ahora qué vamos a hacer?

—¿Tú qué crees, Fede? Deberías disculparte con él, naturalmente, y agradecerle su ayuda.

—Pero si en realidad fue Charly…

—¡Federico! —me interrumpió mamá—. Pensaba que erais amigos. Normalmente sois inseparables, ¿no? Pues eso no sólo vale para cuando todo va bien y uno se divierte. También vale para cuando las cosas no van tan bien.

—¡Eh, tía, eh! ¿Quieres decir que todos para uno y uno para todos?

—Sí —se rió mamá—. Me has entendido perfectamente.

Suspiré profundamente.

—Está bien, mañana por la mañana a primera hora iré a pedirle disculpas, independientemente de que los demás estén de acuerdo o no.

Cuando me fui a mi habitación, dejé tras de mí a una madre satisfecha, pero como contrapartida, yo volvía a tener esos retortijones en la barriga. Seguro que volvería a tener una pesadilla durante la noche. Pensé en acercarme a casa de Charly o a la de Estefi y Rabanito para contarles mi decisión de pedirle disculpas al bedel. Pero, ¿por qué siempre yo? ¡Que vengan ellos! Al fin y al cabo fueron ellos los que me dejaron solo en el quiosco. A pesar de la inminente tormenta, decidí ir a ver a Precioso al huerto. Seguro que tenía hambre. Además, le echaba de menos. Tal vez también se dejaban caer por allí Charly, Estefi y Rabanito para ver a nuestro perro.

Precioso estaba solo en el huerto. No había ni rastro de la comida, si tía Hilde y tío Werner le habían dado ya de comer. Yo le había traído algo. Se abalanzó sobre ello como si hiciera tres días que no movía la mandíbula. Pero eso lo hacía siempre, independientemente de lo que se hubiera embutido antes. Cuando terminó, intenté jugar con él, pero Precioso prefirió seguir estirado en el suelo aseándose su rechoncha barriguita. Esperé bastante rato y, cuando mis amigos siguieron sin aparecer, tomé una decisión. Cogí a Precioso en brazos.

—Ven, Precioso. Vamos a casa del nuevo conserje. Quiero acabar con esto cuanto antes. No tengo ganas de volver a despertarme en mitad de la noche bañado en sudor.

Entre tanto se había hecho bastante tarde. Cuando me puse en camino hacia la casa del bedel ya estaba anocheciendo. Para más inri las nubes que se habían estado formando por la tarde por encima de nosotros habían tomado ya unas dimensiones preocupantes. A lo lejos se acercaban rugidos y relámpagos. Tenía que darme mucha prisa con mi disculpa si no quería que me pillara la tormenta. Apreté a Precioso contra mí y corrí el último trozo que me quedaba hasta llegar al colegio. Atravesé el patio del recreo y el jardín, y por fin, llegué a la vieja mansión. Mientras tanto, los rugidos se habían convertido en truenos y los re-

lámpagos azotaban peligrosamente cerca. Miré por la fachada de la mansión hacia arriba. Se elevaba frente al negro muro de la tormenta como un castillo de una novela de terror. Tenía la sensación de que, con cada paso que me acercaba a ella, la casa iba creciendo mientras que yo empequeñecía cada vez más. El viento silbaba y golpeaba las contraventanas. Las primeras gotas de lluvia empezaron a caerme sobre la cara. Un gélido escalofrío me recorrió la espalda. En comparación con esto, la cárcel de mi pesadilla resultaba acogedora.

Precioso silbaba levemente en mis brazos. Yo lo apreté un poco más a mí.

—Precioso, no tienes por qué tener miedo —le dije con voz temblorosa—. Yo estoy contigo.

Por fin, me encontré frente a la puerta de entrada de la casa. Titubeé unos instantes, pero finalmente llamé. Había llegado ya tan lejos, que no me costaba nada conseguir el resto.

Poco después escuché pasos y la puerta se abrió con unos chirridos. No me hubiera extrañado nada si de repente me hubiese abierto el conde Drácula o el monstruo de Frankenstein, pero fue nuestro conserje.

El bedel me miró con cara de asombro y un poco impaciente, como si le hubiera interrumpido en algo importante.

—Buenas tardes, señor bedel —dije titubeando—. Sólo soy yo. Por favor, disculpe que le moleste a estas horas.

Como seguía mirándome con expresión de interrogante y sin decir nada, tuve que concretar un poco más.

—Se trata de esta mañana. Ya sabe, la polvera de la señora Sulte-Stratmann.

Antes de que el nuevo conserje pudiera decir nada, Precioso empezó a revolverse en mis brazos como si quisiera a toda costa que le soltara. Además, gruñía y ladraba. Yo no lo solté. Seguramente habría entrado corriendo en la casa y quién sabe si habría vuelto a salir de allí.

El bedel abrió la boca para decir algo, cuando de repente se escucharon ruidos en el interior de la casa. Si no fuera porque ya estaba terriblemente asustado, esos ruidos me habrían enseñado definitivamente lo que era tener miedo. Fue como un grito ahogado, seguido por un fuerte estruendo.

El conserje sólo tenía la puerta entreabierta. Pero fue suficiente para ver que, a sus espaldas, algo había cruzado rápidamente el pasillo. No pude ver si se trataba de una persona. En realidad era algo demasiado pequeño para tratarse de una figura humana, pero una persona también puede agacharse. Claro que, también pudo ser un animal o vete tú a saber el qué. No tuve oportunidad de reconocerlo, porque todo ocurrió demasiado deprisa.

Por la cara que puse, el bedel seguramente intuyó que yo había visto algo. Se giró, cerró un poco más la puerta, dejando únicamente una pequeña rendija abierta, y volvió al interior de la casa. De buena gana habría entreabierto un poco más la puerta para ver lo que estaba pasando allí dentro, pero estaba demasiado asustado. De modo que tuve que confiar en mi oído. Me aproximé un poco más a la puerta. Se oía claramente la silenciosa voz del bedel. Al menos me parecía reconocer su voz. Aunque también podían ser dos voces. No pude entender nada de lo que decían, pero no sonaba muy amable.

De repente se abrió la puerta de un tirón y el conserje volvió a estar ante mí en todas sus dimensiones. Del amable conserje siempre de buen humor que yo conocía, ya no quedaba mucho.

—Por favor dime de una vez lo que quieres. No dispongo de mucho tiempo —dijo en un tono casi antipático.

Pero notaba perfectamente que eso tenía más que ver con lo que acababa de pasar en la casa que conmigo.

—Yo, yo sólo quería pedirle disculpas por haberle acusado de querer quedarse con la polvera de la señora Sulte-Stratmann —tartamudeé, mientras seguía intentando sostener al gruñón y ladrador de Precioso en mis brazos.

El conserje se quedó mirándome como si dudara de mi cordura.

—¿Y por eso has venido hasta aquí con este tiempo de perros?

—Eh, pues sí.

—Está bien, acepto tus disculpas, y ahora vete a casa antes de que cojas una pulmonía.

Hasta ese mismo momento no me había dado cuenta de lo mucho que llovía ya. El agua me goteaba de la cabeza al cuello de la chaqueta.

—Sí, vale, entonces, adiós —no me dio tiempo

a decir nada más, porque la puerta se volvió a cerrar ante mis narices.

Prácticamente al mismo tiempo, Precioso se volvió a calmar. Sus gruñidos y ladridos pasaron a un regular silbido.

—¿Qué te pasaba, pequeñín? —le pregunté.

Y de nuevo Precioso se quedó mirándome como si quisiera decirme algo. ¡Si hubiera podido interpretar sus miradas! Tal vez había olido o visto algo que a mí se me escapaba, o a lo mejor había intuido que nos encontrábamos en gran peligro y yo ni siquiera me había enterado.

No seguí pensando en ello, sino que apreté a Precioso con fuerza contra mí y eché a correr hacia el huerto. Como una señal, la lluvia cesó en el mismo momento en que llegamos al huerto de tía Hilde y tío Werner.

Me di prisa por llegar a casa. Tenía que quitarme mis empapadas ropas, si no quería coger una pulmonía.

Lo mismo debió de temer mamá, pues me preparó una suculenta cena mientras yo disfrutaba de un baño caliente. Con ello, logré incluso casi olvidarme de los pavorosos acontecimientos en la mansión del conserje. Si la señora Sulte-Stratamann hubiera estado allí con nosotros, o al menos hubiera encontrado yo su polvera, mi felicidad habría sido absoluta.

Hasta la mañana siguiente, de camino al colegio, no pensé en si debía contarle a Charly, Estefi y Rabanito lo de mi visita a nuestro conserje. Decidí no hacerlo por el momento. Quería esperar la ocasión propicia para degustarla un poco

Cuando llegué al patio del colegio, pude ver la casa del conserje tras sus árboles frutales. No había cambiado y, sin embargo, tuve la sensación de ver aquella casa por primera vez. Seguía estremeciéndome al recordar cómo se había levantado ante mí delante del negro muro tormentoso y cómo golpeaban las contraventanas la pared. ¡Y luego ese ruido y aquel grito ahogado! ¡Algo raro estaba pasando allí!

Aunque Charly y Estefi seguían de mal humor, no mencionaron para nada su discusión del día anterior.

Yo los dejé en paz y esperé mi oportunidad. Pero debo reconocer que me costó mucho trabajo no contarles nada.

Después del primer recreo tuvimos Lenguaje con «Gran Siggi». Nada más entrar en clase nos sorprendió con una novedad.

—Todos conocéis ya a nuestro nuevo conserje, ¿verdad? —comenzó a decir.

Como si fuera una señal, Estefi, Rabanito, Charly y yo nos miramos. ¿Qué vendría ahora? ¿Seguiría coleteando la historia del señor Stecker y la polvera?

—El bedel nos ha hecho una propuesta —nos contó «Gran Siggi»—: quiere poner aquí, en las instalaciones escolares, un quiosco.

A mí se me quitó un peso de encima. ¡Eso sí que era una buena idea, de nuestro conserje, para variar! Entonces empezó a caerme mejor.

—¿Se refiere a un quiosco en el que se puedan comprar Coca-Colas, chocolatinas y cosas así? —preguntó alguien de clase.

«Gran Siggi» se rió.

—Sí, a un quiosco de ésos me refiero. Pero allí no sólo se podrán comprar golosinas, sino también bocadillos y fruta.

De la última frase ya no se enteró casi nadie. Pues toda la clase estalló en un tremendo júbilo.

—No quiero ocultar —continuó diciendo cuando hubo vuelto más o menos la calma— que el plan del bedel no ha caído en gracia a todo el mundo. Incluso ha habido grandes discusiones sobre ello en el claustro. Pero, finalmente, se ha aprobado su solicitud, ya que, de todas formas, vosotros podéis compraros las golosinas fuera del colegio. De modo que es mejor que nosotros lo tengamos todo más o menos controlado.

—¿Cuándo se va a abrir el quiosco? —preguntó Charly.

—Como ya hemos encontrado un sitio adecuado y el conserje ya ha realizado sus compras, puede empezar la venta mañana mismo.

En la siguiente pausa no hubo otro tema de conversación. Todos adulaban al bedel y su quiosco. Incluso Charly no tenía más que alabanzas, con lo que se ganó algunos comentarios maliciosos de Estefi.

Aunque yo también me alegraba de no tener que seguir bebiendo la calenturienta Coca-Cola del señor Werther y de tener que seguir soportando su mal humor, mis pensamientos no estaban del todo allí. Por una parte, me seguía tentando contarle a mis amigos lo de mi visita a la mansión del conserje, y por otra parte, en las dos últimas horas teníamos Educación Física con la señora Sulte-Stratmann. En realidad, las clases de Educación Física no me gustaban demasiado, ¡pero la señora Sulte-Stratmann llevaba siempre unos chándales tan guays!

De camino a nuestro vestuario teníamos que cruzar por delante del de las chicas. Cuando pasé por la puerta de la que colgaba el letrero «Chicas», mi corazón empezó a palpitar más fuerte. Seguramente ya hacía tiempo que alguien habría tirado la media a la basura, porque, ¿quién, además de mí, conocía su verdadero significado?

Durante la clase de Educación Física, el quiosco del bedel seguía siendo el tema de conversación número uno. Y muy pronto quedó claro que la señora Sulte-Stratmann había sido una de las que durante las grandes discusiones en el claustro había estado en contra.

—Yo estoy en contra —había dicho sin grandes rodeos, cuando alguien le habló sobre ello—. Estoy segura de que ahora os hincharéis aún más a golosinas en vez de comeros una manzana o un bocadillo, lo que sería sin duda bastante más saludable para vosotros.

¿Me había mirado a mí durante su última frase? Podría haberme equivocado. De todas formas, por si acaso, me propuse pedirle a mi madre que me preparara todos los días una manzana para el colegio.

Sobre los acontecimientos delante de la sala de profesores no volvió a decir ni una sola palabra. ¡Sí, así era mi señora Sulte-Stratmann! Una vez resuelto un asunto, el tema quedaba zanjado y perdonado.

Después de la clase, todos se apresuraron en

cambiarse para poder irse a casa, todos menos Charly. Cuando ése se mete bajo una ducha, no hay quien lo saque de allí.

Así fue que Estefi, Rabanito y yo le estuvimos esperando delante de los vestuarios de las chicas. ¡Precisamente! Yo no me atrevía casi ni a mirar aquella puerta, por miedo a que mis simples miradas me pudieran delatar.

Tal vez fuera aquel lugar, o tal vez el que no podía aguantarme por más tiempo. La cuestión es que había decidido contarles a mis amigos lo de mi visita al bedel, en cuanto Charly se uniera a nosotros.

—¡Ya era hora! —exclamó Estefi, cuando por fin apareció—. ¡Con esas duchas maratonianas que te das cualquier día te van a salir escamas!

—¡No hay nada más refrescante que una buena ducha caliente! —dijo Charly radiante.

Justo me acababa de pensar las palabras adecuadas para mi informe, ¡cuando ocurrió! Del vestuario de las chicas se escuchó un grito espeluznante. Casi al mismo tiempo se abrió la puerta de un tirón y el bedel salió precipitadamente. Sin prestarnos atención pasó por nuestro lado corriendo. Su cara estaba blanca como la cal. En ese mismo instante, se escuchó un segundo grito desde los vestuarios.

¡Esa voz me era conocida! ¿No era la señora Sulte-Stratmann? ¡Era ella la que había gritado tanto! ¿Qué había ocurrido? ¿Qué le habían hecho? ¡Tenía que ayudarla! Sin pensármelo dos veces, abrí la puerta de los vestuarios de las chicas y corrí al interior.

4
La bella y el baño

—¡**Señora** Sulte-Stratmann! —me escuché a mí mismo gritar—. ¡Aguante! ¡Ya voy!

No sé qué me ocurrió. Estaba poseído por el miedo que sentía por la señora Sulte-Stratmann. ¡Quería ayudarla, salvarla!

Sólo cuando me vi dentro del vestuario de las chicas, fui consciente de lo que había hecho, pero entonces ya era demasiado tarde.

Cuando la vi, tropecé y casi caigo en sus brazos. Por suerte, pude controlarme y frené justo a tiempo. Tenía el pelo empapado y pegado a la cabeza. Las gotas le caían sobre los hombros. Sus manos sostenían con fuerza la toalla con la que se había envuelto rápidamente. Era lo único que llevaba puesto.

Mis rodillas empezaron a temblar, la sangre se me disparó hasta las orejas y mis ojos ardían como el fuego.

Ella me miraba. Su mirada fue si cabe todavía más dura y más implacable que en anteriores ocasiones.

—Ah, señora Sulte-Stratmann, está aquí —tartamudeé—. Qué bien que no le haya ocurrido nada.

—¡Fuera! —me gritó—. ¡Federico, abandona inmediatamente este lugar! ¡De lo contrario no respondo de lo que te pueda ocurrir!

Una voz interior me decía que había cometido un terrible error y que debía salir de allí cuanto antes.

Eché un último vistazo a la señora Sulte-Stratmann. Aquel recuerdo me duraría por mucho tiempo. Luego me di media vuelta y salí de allí.

Con lo primero que me encontré fue con mis amigos. Si el alegrarse de las desgracias de los demás tenía cara, debía parecerse a la que tenían todos ellos.

—¿Qué, Fede? —dijo Estefi—. ¿Ya has acabado con tu acción de salvamento?

—¡Eh, tía, eh! ¡Muy graciosa!

—¿Por qué ha gritado? —quiso saber Rabanito.

—¡No lo sé! —exclamé—. ¡Eso no me lo ha dicho!

—¿Y por qué te ha echado de allí? —preguntó Charly.

—¿Por qué no vas y se lo preguntas tú mismo? ¡Eh, tíos, eh! ¡Me estáis hartando!

Estaba confuso y bastante desesperado. Y además, ¿por qué tenían que taladrarme con sus preguntas? Y como si eso no fuera suficiente, no tardaron en aparecer curiosos espectadores, como suele ocurrir en estas ocasiones. No pasó mucho tiempo y nuevamente nos vimos rodeados de alumnos, de los que, a la mayoría, apenas conocía de vista. Si esto seguía así, muy pronto los conoceríamos a todos. Claro que preferiría prescindir de ese tipo de popularidad.

—¿Qué ha pasado aquí? —preguntó uno de ellos—. ¿Habéis vuelto a hacer alguna trastada?

—No —contestó Rabanito—. El bedel ha estado en los vestuarios de las chicas y la señora Sulte-Stratmann ha gritado.

—¿Es que tienes que contarlo todo? —le bufó Estefi a su hermano.

Aunque para tomar medidas de precaución ya

era demasiado tarde. La curiosidad de los espectadores estaba servida.

—¿Por qué ha gritado? —quiso saber otro.

—Eso se lo tienes que preguntar a él —contestó Charly sonriendo y señalándome a mí—. Él estuvo dentro.

—¿En serio? ¡Qué guay! ¿Qué es lo que hay ahí dentro? ¿Has visto a la señora Sulte-Stratmann? ¿Le ha hecho algo el conserje?

De buena gana le habría saltado a la yugular, pero «el guapo de Gerardo» me lo impidió.

—¿A qué viene otra vez este tumulto? —venía gritando ya desde lejos—. ¡Largaos ahora mismo a vuestras clases o a vuestras casas!

—Es que la señora Sulte-Stratmann está ahí dentro —informó enseguida el curioso a nuestro profesor de Matemáticas—. Ella ha gritado. El conserje también estaba...

Dejó a mitad la frase, cuando vio que «el guapo de Gerardo» había traído consigo al bedel. Pero éste posiblemente no había alcanzado a oír la charlatanería del curioso. Junto al «guapo de Gerardo», estaba como alma en pena, con la mirada perdida en el suelo.

—Sólo oigo siempre «señora Sulte-Stratmann» y «vestuarios» —dijo «el guapo de Gerardo» algo atacado—. ¿Quiere alguien explicarme de una vez qué es lo que ha pasado? Porque de este hombre no hay quien saque una palabra coherente —dijo mirando al conserje, que se hizo aún un poco más pequeño.

Como contestación a la pregunta de nuestro profesor de Matemáticas, se abrió bruscamente la puerta de los vestuarios y apareció la señora Sulte-Stratmann. Ahora estaba completamente vestida, pero su pelo seguía mojado. Y tal y como llevaba la ropa se notaba que se había dado mucha prisa en vestirse. Cuando vio al bedel, sus ojos empezaron a echar chispas, igual que cuando me había visto a mí en los vestuarios.

—¿Y aún se atreve a presentarse ante mí? —le gritó al conserje—. ¡Es... es usted un mirón sinvergüenza!

Los espectadores afilaron sus oídos. Vaya, eso prometía ser bastante más interesante que el revuelo ante la sala de profesores.

—¡Pero mujer! —exclamó «el guapo de Gerardo»—. ¿No le parece que está siendo un poco dura? Además, delante de los alumnos…

—¡Pamplinas! —le cortó la señora Sulte-Stratmann a nuestro profesor de Matemáticas—. ¿Cómo lo llamaría usted si de repente aparece alguien mientras se está duchando?

¿Eso es lo que había hecho el conserje? En ese caso no era de extrañar que la señora Sulte-Stratmann estuviera tan furiosa con él y hubiera gritado de esa manera. Nunca hubiera creído capaz a nuestro conserje de hacer una canallada de ese calibre. Claro que no podía intentar imaginarme la escena, porque si no mis piernas volverían a hacer de las suyas.

Consternado, «el guapo de Gerardo» miró al bedel.

—¿Usted ha estado espiando a la señora Sulte-Stratmann bajo la ducha?

Por fin parecía que el conserje empezaba a reaccionar.

—¡Yo no la he espiado! Quería arreglar la ducha. Cuando fui a mi despacho tenía una nota sobre mi mesa que decía que una de las duchas de profesores de los vestuarios de las chicas no se podía cerrar. Así que cogí una tenaza del sótano y entré en los vestuarios por una puerta trasera. Cuando noté que una ducha estaba abierta, pensé que era la que estaba estropeada y que goteaba. No vi a la señora Sulte-Stratmann hasta que fue demasiado tarde.

—¿Y dónde está esa nota ahora? —preguntó la señora Sulte-Stratmann.

—¡Oh, sí! ¡Eso también me gustaría saber a mí! —exclamó el curioso.

Eso era típico de ese pardillo. Justo cuando se estaba poniendo interesante, iba él y lo estropeaba todo.

—Creo que no deberíamos comentar este asunto precisamente aquí —dijo «el guapo de Gerardo» enseguida—. Venga, querida colega, vamos al edificio principal. ¡Y por favor, señor conserje, usted acompáñenos!

—La nota ya no la tengo. ¡La tiré inmediatamente a la papelera y las señoras de la limpieza seguro que ya la habrán vaciado! —comentaba el bedel mientras seguía al «guapo de Gerardo» hacia fuera.

La señora Sulte-Stratmann cogió furiosa su bolsa de deporte y se la colocó bajo el brazo.

—¡Mientras no me muestre esa nota, yo no le creeré!

Sin brindarme ni una sola mirada, se marchó hacia la salida con grandes zancadas. En realidad, debería alegrarme de que estuviera más furiosa con el bedel que conmigo, porque seguro que ya se había olvidado de mi fracasado intento de salvamento. Aunque, por otro lado, me hubiera gustado ver alguna muestra de gratitud; al fin y al cabo me había expuesto a un gran peligro al entrar sin titubear en los vestuarios de chicas.

Como el nuevo bedel no iba a abrir su quiosco hasta el día siguiente, eso si le dejaban teniendo en cuenta los últimos acontecimientos, nos bebimos, ojalá que por última vez, una de las calenturientas Coca-Colas del señor Werther.

—¡Esto sí que es gordo! —dijo Charly reflejando lo que todos estábamos pensando—. En serio, nunca hubiera creído capaz al conserje de algo así.

—No te creerás eso en serio, ¿verdad? —exclamó Estefi—. ¡Nadie puede ser tan estúpido! Si hubiera querido realmente espiar a la señora Sulte-Stratmann, estoy segura de que lo hubiera hecho con más talento, en vez de entrar en los vestuarios nada más terminar las clases como un elefante en una cacharrería.

—Aun así es muy extraño que haya desaparecido la nota que hubiera podido demostrarlo todo. Estefi, puedes decir lo que quieras. ¡Con el conserje hay algo que no cuadra! ¿O es que ya te has olvidado del misterioso inquilino al que todavía no ha podido ver nadie y del grito que provenía de la mansión?

La pregunta de Charly ahuyentó de mi cabeza

la imagen de la señora Sulte-Stratmann envuelta en la toalla.

Me acordé de que con todo el jaleo de la señora Sulte-Stratmann aún no les había contado a mis amigos mi aventura. Y ahora era una buena ocasión para hacerlo.

—¡Eh, tíos, eh! Yo sí que he visto que hay algo más en la casa del señor conserje —dije tan frío como me fue posible.

Aunque el efecto en los demás fue el que esperaba y Charly se atragantó con su Coca-Cola del susto.

—¿Que has qué? —dijo tosiendo—. ¿Nos quieres tomar el pelo, Fede?

—No. Es verdad. Estuve allí.

—¿En casa del bedel? —preguntó Estefi incrédula—. ¿Para qué? ¿Y por qué dices que viste algo? ¿Es que no es una persona?

—Es un ser vivo —dije en voz baja—. O al menos eso parecía.

Luego les conté toda la historia. Aunque la historia, de por sí, ya era bastante aterradora, yo la adorné un poco más. Mientras lo contaba, miraba de vez en cuando a Rabanito. Estaba visiblemente impresionado. De lo cual me alegré especialmente.

—¡No os lo había dicho yo! —exclamó Charly, cuando terminé de contar toda la historia—. ¡Ese tipo no es trigo limpio!

—Charly, ¿por qué siempre tienes que exagerar tanto? —se irritó Estefi—. Aunque, si es cierto lo que Fede nos ha contado, lo que está pasando en la casa del conserje es realmente extraño.

—¡Pues eso es lo que digo yo! —exclamó Charly de nuevo—. Lo mejor es que le echemos otro vistazo de cerca a ese conserje y a su extraño inquilino.

Me estremecí con sólo pensar en volver a la vieja mansión, pero aun así no contradije a Charly. Al fin y al cabo es lo que yo quería. Estefi y Rabanito tampoco dijeron nada. Después de lo sucedido en los vestuarios y de lo que yo les había contado, debían de tener demasiada curiosidad.

En casa, a mamá no le conté nada de mi fallido intento de rescate. Seguramente no habría entendido por qué había entrado en los vestuarios tan precipitadamente y sin pensarlo. Además, quería olvidar todo ese asunto lo antes posible. Una vez más fui consciente de que mi convivencia con mamá y la señora Sulte-Stratmann iba a seguir siendo un sueño. Ya sólo me quedaba esperar a encontrar una novia que fuera como mi profesora de Biología. Y si eso no funcionaba, pues me quedaría para siempre con mamá.

Es divertido que ocurran cosas extraordinarias en el colegio; de ese modo siempre dispone uno de buen material de conversación. En los últimos días, no nos podíamos quejar a ese respecto. Primero el alboroto ante la sala de profesores, luego el quiosco del nuevo bedel y ahora también el ataque a la señora Sulte-Stratmann. Creo que, a la mañana siguiente, nadie del colegio hablaba de otra cosa, probablemente ni siquiera los profesores.

Además, para sorpresa de la mayoría, y a pesar de los incidentes, el conserje había abierto su quiosco. La Coca-Cola estaba helada, pero no era sólo por eso por lo que en cada recreo había allí una densa concurrencia. Probablemente, todos querían ver de cerca al malhechor.

Éste se mantenía con cara de circunstancias tras su mostrador e intentaba no mirar a la cara a sus clientes, aunque éstos le miraran descaradamente, con curiosidad, y cuchichearan sin ningún miramiento.

En el segundo recreo, Charly nos llamó aparte.

—La verdad es que no os lo quería decir hasta después de clase, cuando no nos molestara nadie —nos susurró, después de asegurarse un par de veces de que nadie nos escuchaba.

—¿Por qué susurras tanto? —preguntó Rabanito—. Si casi no se te oye.

Charly puso su dedo índice sobre sus labios.

—No tan alto, Rabanito. Que, si no, nos va a oír alguien.

—Sí, ¿y qué? —exclamó Estefi tan alto que se giraron unos cuantos extrañados hacia ella—. Lo que nosotros tengamos que decir, lo puede oír todo el mundo.

Charly se cruzó de brazos.

—Estefi, si te vas a poner así, no os cuento nada de nada.

—¡Eh, tío, eh! No seas quisquilloso. ¿Es que ya no sabes encajar una broma?

—Está bien —resopló Charly—. Pero acercaos un poco más y colocaos de forma que nadie pueda ver lo que os voy a enseñar.

Suspirando, seguimos sus instrucciones. Pero aun así miró varias veces alrededor antes de que, por fin, sacara un pequeño papel de su bolsillo.

Se lo dio a Estefi.

—Toma, lee lo que pone.

Estefi lo cogió y lo leyó en voz alta.

—Por favor, venga usted inmediatamente a las duchas del profesorado…

—¡Psssst!

—Una de las duchas no se puede cerrar —continuó Estefi leyendo.

No podía creer lo que estaba escuchando.

—¡Eh, tíos, eh! ¡Pero si es la nota de la que hablaba ayer el bedel! ¿De dónde la has sacado?

—¡Jo, Fede, no tan alto! —me reprendió Charly, quitándole a Estefi la nota de la mano y haciéndola desaparecer nuevamente en el bolsillo de su pantalón.

—¿De verdad que es la nota? —preguntó Rabanito—. ¡Enséñamela! Yo también la quiero ver.

—¡Ahora no! Ya habéis llamado bastante la atención. No quiero que todo el colegio sepa que la hemos encontrado.

—¿Y cómo la has conseguido? —preguntó Rabanito.

—¡Ya ves, uno que sabe! —contestó Charly con una sonrisa de soberbia—. Me acordé de que el conserje había comentado que las señoras de la limpieza ya habían vaciado la papelera en la que él había tirado la prueba. Y como sé que las señoras de la limpieza vacían siempre las papeleras en unos contenedores de basura grandes que están detrás del colegio, volví ayer tarde por allí a registrarlos.

—¿De verdad has hecho eso? —dijo Estefi asqueada—. ¡Aggggg! ¡Qué guarrada!

—Ni lo menciones, pero hay que hacer estas cosas para resolver un caso.

—Jo, Charly, eso es realmente genial —se alegró Estefi—. Lo mejor será que vayamos enseguida a ver a la señora Sulte-Stratmann y le entreguemos la nota. Así sabrá que el bedel ha dicho la verdad.

Charly levantó las manos.

—¡No, no! No vamos a soltar nuestro triunfo tan rápido.

—¡Eh, tío, eh! ¿Y ahora qué quieres decir con eso?

Charly se volvió a agachar hacia nosotros.

—Pensadlo un momento —dijo en voz baja—. Nosotros queremos descubrir algo sobre los extraños sucesos en la casa del conserje, ¿no? Por eso iremos esta tarde a su casa y se la daremos a él. Así, de paso, intentaremos averiguar quién o qué vive en la vieja mansión.

—¡Eso es una canallada! —exclamó Estefi—. Cómo puedes dejar sufrir tanto tiempo al pobre bedel. ¿Es que no has visto el aspecto tan deteriorado que tiene?

—Eso se lo debe únicamente a sí mismo. Al fin y al cabo podía haber tenido un poco más de cuidado, en vez de meterse como un patoso bajo la ducha con la señora Sulte-Stratmann. Además, fui yo quien registró los apestosos contenedores de basura y encontró la nota, así que también seré yo quien decida cuándo se la damos al conserje.

—Charly, ¿sabes de lo que me he dado cuenta? —dijo Estefi cuando volvíamos a clase después del recreo—. La letra de la nota no parece la de un adulto. ¿Habrá sido un alumno el que la ha escrito?

—Además, me extraña mucho que el conserje no haya caído también en la cuenta de buscar la nota en los contendores de basura —añadió Rabanito.

—Yo también había pensado en ello —dijo Charly después de titubear.

Quedamos en vernos por la tarde en el huerto para ir desde allí a la casa del bedel.

—¿Pero es que pretendes llevarte a Precioso? —exclamó Charly, cuando cogí a mi pequeño amigo en brazos—. ¿No dijiste que, cuando estuviste tú solo con él, te dio algunos problemas?

—¡Eh, tío, eh! ¡Yo sin Precioso no voy! Además, lo llevaré en brazos, así que no creo que ocurra nada.

Cuando llegamos frente a la vieja mansión, me

preguntaba por qué sería que la casa ya no parecía tan siniestra como el día anterior. Ya sólo era una vieja y abandonada casa. Probablemente fuera porque ya no estaba solo, ni tampoco azotaba una tormenta como en las películas inglesas de terror. El sol brillaba y mis amigos estaban conmigo. De modo que, ¿qué podía pasarnos?

Como siempre, Charly fue el primero en llegar a la puerta y enseguida llamó al timbre. Pero parecía que no estábamos de suerte. Nadie abrió. Sólo después de seguir insistiendo con el timbre y llamar a voces, se abrió por fin la puerta.

El bedel me pareció más bajito que otras veces. Además, estaba muy pálido y tenía ojeras, como si hubiera dormido poco en las últimas noches.

Arriesgué a echarle una mirada de soslayo a Estefi. Ella estaba mirando al conserje con la misma preocupación que mamá a mí cuando tengo fiebre.

Por si acaso, mantuve a Precioso un poco más sujeto que de costumbre, pero no parecía ser necesario. Estaba muy tranquilo y ni siquiera silbaba.

—¡Otra vez vosotros! —suspiró el conserje—.

¿Qué es lo que queréis? ¿Es que no podéis dejarme simplemente en paz?

—Seguro que en cuanto escuche lo que tenemos que decirle, cambiará de parecer —comenzó Charly con su inconfundible manera.

—¿Y? ¿Qué tenéis que decirme?

—¡Nosotros sólo queremos ayudarle! —exclamó Estefi.

Probablemente le habría abrazado de buena gana y le habría consolado. A mí, seguramente, me ocurriría lo mismo si en vez del bedel tuviera ante mí a la señora Sulte-Stratmann.

El conserje arqueó las cejas.

—¿Vosotros me queréis ayudar? ¿A qué?

—Es que nosotros hemos encontrado su nota, la que usted tiró a la papelera —dijo Estefi—. Y queríamos devolvérsela. ¡Venga, Charly! ¡Enséñale de una vez la nota!

—No tan deprisa —contestó Charly de repente—. No hay prestación sin contraprestación.

—¿Y eso qué significa ahora? —dijo el bedel.

Estefi, furiosa, miró a Charly.

—Eso me gustaría saber a mí también.

—Ahora mismo lo sabrás —contestó Charly con toda tranquilidad.

Aunque yo al igual que Estefi tampoco sabía adónde quería ir a parar, le admiraba un poco por cómo mantenía la calma.

—Nos hemos enterado por una fuente muy fiable —explicó Charly— de que usted mantiene en esta casa a otro inquilino, que corre por los pasillos y produce unos extraños ruidos. Si usted nos explica quién o qué es ese inquilino, entonces usted recibirá de nosotros la nota que demuestra su inocencia en el caso Sulte-Stratmann.

Durante algunos instante el bedel se quedó boquiabierto mirando a Charly; luego cogió aire profundamente.

—¿Pero a vosotros os falta algo en la azotea? —le gritó a Charly—. ¿Queréis hacerme chantaje, o qué?

Charly se encogió retrocediendo un paso hacia atrás. De repente la seguridad en sí mismo se había esfumado.

—No, si yo no pretendía eso. ¡Sólo iba a ser una especie de trueque, por llamarlo de algún modo!

—¿Trueque? ¡Ahora sí que me he hartado definitivamente de vuestras chiquilladas! ¡Eso le pasa a uno por intentar ser amable con todo el mundo! Pero, vosotros, ¿qué es lo que queréis de mí? Primero os saco las castañas de fuego frente a vuestros profesores, y en agradecimiento, me acusáis de querer quedarme esa estúpida polvera. Luego, viene uno de vosotros a rastras a pedirme disculpas. ¡Y ahora esto! ¿Qué pasa? ¿Queréis perderme de vista o qué? ¡Pero no lo vais a conseguir! ¡Vosotros no! Y ahora, ¡largo de aquí! ¡No quiero volver a veros merodeando por mi casa!

—Pero bedel —dijo Estefi casi suplicándole—. ¡Ha sido idea de Charly proponerle ese absurdo trueque! ¡Rabanito, Fede y yo sólo queríamos ayudarle, de verdad!

Antes de que el conserje pudiera decir algo al respecto, Precioso saltó de mis brazos, corrió ladrando escandalosamente y gruñendo, y se coló entre las piernas del bedel al interior de la casa. Como desde que llegamos a la mansión se había mantenido muy tranquilo, me había relajado, y con el ataque de ira del bedel, Precioso se me había escapado de los brazos.

—Pero, ¿qué hace ese maldito chucho? —exclamó el bedel, dándose la vuelta y corriendo tras él.

Del susto y del miedo que tenía, no podía casi ni moverme. El nuevo bedel estaba muy furioso, y tenía escondido a alguien o algo en su casa que posiblemente era muy peligroso. ¡Esperaba que ese ser no le hiciera nada a mi pequeño Precioso!

Por suerte, seguía escuchando sus ladridos y sus gruñidos. Así, por lo menos, sabía que seguía vivo. Cuando al poco tiempo el bedel volvió a aparecer, sujetando con los brazos extendidos a Precioso, que pataleaba en el aire, se me quitó un peso de encima, y eso, a pesar de que era un cuadro bastante lamentable, sobre todo desde el punto de vista de Precioso.

—¡Esto ya es el colmo! —renegaba el conserje poniéndome a la fiera de Precioso en los brazos—. ¡Ahora largaos de aquí! ¡Y que no se os ocurra volver a aparecer nunca, de lo contrario tendré que tener una charla con vuestros profesores!

Con la última palabra, se cerró la puerta de un portazo ante nuestras narices.

A pesar de que a todos nos apetecía más irnos que permanecer allí, nos quedamos petrificados mirando fijamente la puerta cerrada.

—¡Charly, eres un idiota! —le bufó Estefi finalmente—. Esto no te lo perdonaré en la vida.

Con ésas se dio media vuelta y se fue, con paso firme, por el jardín hacia la salida.

—¡Estefi! —la llamó Charly, y fue tras ella—. ¡Pero si yo no podía prever esto! Te aseguro que no es así como me lo había imaginado.

—Eso, hasta me lo creo —me susurró Rabanito.

Aún no habíamos terminado de bajar las escaleras cuando oímos un grito.

5
¿Otra vez Coca-Cola caliente?

Rabanito y yo encogimos los hombros a la vez.

—¡Eh, tío, eh! ¿Qué ha sido eso?

—Me, me ha parecido un grito —tartamudeó Rabanito con labios temblorosos.

Aunque Charly y Estefi iban por delante, también debieron de oírlo, porque se dieron la vuelta y volvieron corriendo hacia nosotros.

—¿Vosotros también lo habéis oído? —susurró Charly—. Eso ha sido un grito, ¿no?

—Pero ha sonado muy extraño —dijo Estefi susurrando también—. De alguna manera, espeluznante.

—¡Venga! —exclamó Charly—. ¡Larguémonos de aquí! ¡Me parece que esto se está volviendo demasiado peligroso!

No hizo falta que nos lo dijera dos veces. Como si nos hubieran dado una señal, todos echamos a correr a la vez y no paramos hasta que no cerramos tras nosotros el portón que daba al huerto de la tía Hilde y el tío Werner.

—¿Qué? ¿Y ahora qué me dices? —le preguntó Charly a Estefi—. ¿Sigues enfadada conmigo?

—¡Pues claro que sí! —exclamó Estefi—. ¡Lo que has hecho ha sido una canallada, pero de las grandes! Deberías, al menos, haberlo hablado antes con nosotros.

—¿Acaso habrías estado de acuerdo? —le contestó Charly.

—¡Claro que no!

—¿Lo ves? Por eso, precisamente, no os dije nada. Pero, ahora, incluso tú tendrás que admitir que hay algo que no cuadra con ese conserje.

—¡Venga, Charly, déjalo ya de una vez!

—¡Jo, Estefi! ¡Piénsalo un momento! Si de la polvera y el numerito bajo la ducha ya no quiero hablar. Pero, ¿qué pasa con ese extraño inquilino que Fede también ha visto? Y cómo se ha puesto el bedel, sólo porque no he querido darle enseguida la nota. Y por si fuera poco, ahora ese terrible grito.

Estefi miró hacia el suelo.

—Es que no puedo creerlo —dijo en voz baja—. Me cuesta creer que el nuevo conserje esté haciendo algo malo. Todo esto es sólo un malentendido.

Qué bien entendía a Estefi. Aquella vez que Charly acusó a la señora Sulte-Stratmann del robo de un banco, me había ocurrido lo mismo.

—¡Entonces vamos a aclararlo! —dijo Charly intentando convencer a Estefi—. Si sólo es un malentendido, al menos lo sabremos. Pero si no lo es, entonces…

—¿Entonces, qué? —preguntó Rabanito, al ver que Charly no seguía hablando.

Charly se encogió de hombros.

—Entonces, yo tampoco sé cómo seguir. La verdad es quc este asunto me está superando.

Cuando Charly dice algo así es que ha llegado demasiado lejos. Pero tenía razón. Yo tampoco tenía intenciones de dejarme caer tan pronto por la casa del conserje.

—Y según tú, ¿qué deberíamos hacer? —pregunté a Charly.

—Tal vez deberíamos ir a la policía, a ver al señor Stecker —contestó Charly.

—¡Olvídalo! —exclamó Estefi—. Con ése ya hemos hecho bastante el ridículo en los últimos días. No me apetece volver a la sala de profesores.

—A lo mejor deberíamos hablar con «Gran Siggi» —propuso Rabanito—. Cuando la cosa se pone fea, se puede confiar en él.

Nos quedamos todos mirando a Charly. Aunque siempre estábamos protestando de sus iniciativas y le tomábamos el pelo cuando se nos presentaba la ocasión, sin embargo era importante para nosotros que precisamente él aprobara nuestros planes.

Charly se quedó durante un rato con la mirada perdida. Después asintió.

—Está bien, así lo haremos. Mañana mismo hablaremos con «Gran Siggi». No será necesario contarle absolutamente todo. Para empezar será suficiente si le tanteamos un poco.

—¡Pero esta vez no serás tú quien lo haga! —dijo Estefi.

—Eso ya iba a proponerlo yo —le contestó

Charly ofendido—. De todas formas, desde nuestra última excursión, «Gran Siggi» no está muy receptivo en lo que a mí respecta.

Cuando me fui a casa, me sobrevino una extraña sensación. Tenía cargo de conciencia por lo del bedel. Creo que hasta me daba lástima. Estefi tenía razón. A mí también me costaba imaginarme que estuviera haciendo algo malo. A lo mejor todo eso sólo era realmente un malentendido. Tal vez nosotros incluso tuviéramos parte de culpa. Me tranquilizaba saber que no íbamos a ir a la policía, por lo menos sin haber hablado antes con «Gran Siggi».

Cuando miré mi reloj, mis remordimientos de

conciencia aumentaron. Había prometido a mamá que iría con ella a la compra, pero ahora ya era demasiado tarde para eso.

Cuando llegué a casa se confirmaron mis temores: mamá ya se había ido. Ella seguramente no se enfadaría conmigo, pero estaría desilusionada, lo cual era casi peor. En compensación y para tranquilizar mi conciencia, cogí el aspirador y lo pasé bien por todo el salón. Después limpié el cuarto de baño.

Cuando mamá llegó a casa se quedó tan encantada como yo había esperado.

—Como premio podríamos pasar mañana una tarde relajada. Me he pedido la tarde libre. Podríamos ir a comprarte unos pantalones nuevos y después a tomarnos un helado. ¿Qué te parece?

—¡Claro, mamá! ¡Guay! —exclamé y me alegré de que no mencionara que había llegado tarde.

A la mañana siguiente, me encontré con Charly de camino al colegio. Yo había salido un poco antes de casa, para pasarme un momento a ver a Precioso.

—Lo primero que haré será ir a comprar un bocadillo en el quiosco del conserje —dijo Charly.

—¡Eh, tío, eh! ¿Se te ha olvidado traértelo de casa?

—No, no es eso. Quiero echarle un vistazo al conserje, a ver cómo reacciona.

—No sé si eso es muy inteligente —le contesté—. Ten en cuenta que estaba especialmente enfadado contigo.

Charly movió la cabeza negativamente.

—¡Bah! Ése seguro que ya se ha tranquilizado.

Estefi y Rabanito se quedaron boquiabiertos al ver que Charly sólo les saludó de pasada y siguió hacia el edificio principal del colegio.

—¿Qué le pasa a ése? —preguntó Estefi.

—Quiere echarle un vistazo al conserje —le contesté.

Al ver que Estefi y Rabanito me miraban con caras de interrogante, sólo pude encogerme de hombros.

No había pasado mucho tiempo cuando Charly volvió a aparecer en la puerta haciendo malabarismos con los brazos.

—¡Venid aquí! —gritaba.

—¡Eh, tío, eh! ¿Qué pasa? —le pregunté cuando llegamos hasta él.

—Tenéis que ver esto. ¡Venga, venid conmigo!

Y nuevamente, volvió a desaparecer en el interior.

No tuvimos más remedio que seguirle. Como no podía ser de otra manera, estaba frente al quiosco del conserje. La puerta estaba cerrada y de ella colgaba un papel blanco, escrito a mano:

¡El quiosco permanecerá cerrado hasta nuevo aviso!

—¿Habéis leído eso? —exclamó Charly muy inquieto.

—Claro que lo hemos leído —contestó Estefi—. El quiosco está cerrado. ¿Por qué te alteras tanto por eso?

—¡Eh, tía, eh! Será porque se ha quedado sin bocata.

—¡Pamplinas! ¡Leedlo bien! ¡Hasta nuevo aviso! ¿Es que no sabéis lo que esto puede significar?

—No —dijo Rabanito—, pero seguro que tú nos lo vas a decir enseguida.

—Jo, tíos, pues que probablemente no vuelvan a abrirlo nunca más.

—¿Y tú cómo lo sabes? —le preguntó Estefi—. Podría ser que simplemente esté enfermo. Ayer tenía muy mal aspecto.

—Tras esto hay algo más —dijo Charly lleno de convencimiento—. Lo presiento.

Estefi, Rabanito y yo únicamente nos miramos. En lo que se refería a los presentimientos de Charly, teníamos experiencia de sobra.

—A lo mejor lo que vio Fede era una víctima secuestrada por la que ahora ha cobrado el rescate —siguió Charly fantaseando —. O era un animal exótico que ha vendido y ahora ya no necesita seguir trabajando de conserje.

Estefi se golpeó la frente con el dedo índice.

—Charly, tú no estás bien de la cabeza.

—¡Eso ya lo veremos!

A tercera hora teníamos Lenguaje con «Gran Siggi». Durante el primer recreo discutimos cuándo y, sobre todo, qué le íbamos a preguntar.

—Lo mejor será que le cacemos delante del aula, antes de que entre en clase —opinó Charly.

—Eso yo no me lo pierdo —se rió Estefi—. A ver cómo cazas tú al «Gran Siggi».

—¡Sabes perfectamente a lo que me refiero! Bueno, ¿quién hablará con él?

—Eso ya lo haré yo —dijo Estefi, lo que nos pareció muy bien a Rabanito y a mí.

«Gran Siggi» era buena persona, pero cuando se enfadaba también podía ser bastante desagradable y nosotros no sabíamos cómo iba a reaccionar ante nuestras preguntas acerca del conserje.

—¡Eh, mirad quién está ahí! —exclamó de repente Rabanito señalando hacia el edificio principal.

Yo me volví rápidamente. El conserje estaba bajando las escaleras con dos grandes sacos de basura en las manos.

—¡Lo veis! —exclamó Charly—. Ya os dije yo que ése no estaba enfermo.

—¿Y tú qué sabes? Fijaos qué mal aspecto tiene —dijo Estefi—. Está aún más pálido que ayer, e incluso anda un poco encorvado.

—¡Eh, tíos, eh! Lo cierto es que no tiene pinta de acabar de cobrar un rescate o de haber ganado mucho dinero con la venta de un animal exótico.

—Tal vez no haya funcionado la entrega del dinero —contestó Charly titubeando.

«Gran Siggi» arqueó sorprendido las cejas al vernos plantados ante el aula.

—¿Y a vosotros qué os pasa? —preguntó—. ¿No tenéis ganas de asistir a la clase de Lenguaje?

A un profesor, mejor no se le contesta a semejante pregunta.

—Se trata del nuevo bedel —dijo Estefi yendo directamente al grano.

«Gran Siggi», al oír el nombre del conserje, cambio su expresión. De repente, se puso mucho más serio.

—¿Qué ocurre con el nuevo bedel?

—Bueno, eso es precisamente lo que le queríamos preguntarle —prosiguió Estefi—. Parece tan enfermo y hoy ni siquiera ha abierto su quiosco.

—¿Por qué lo queréis saber? —preguntó «Gran Siggi».

—Bueno, es que estamos preocupados por él.

Estuvo bien que fuese Estefi quien dijese esas palabras, porque a ella era fácil creerla, y «Gran Siggi» asintió rápidamente.

—Es muy amable de vuestra parte que os preocupéis por el bedel. No se me ha pasado por alto que es muy querido entre los alumnos. Por eso, personalmente también siento que nos quiera dejar.

—¿Dejar? ¿Es que se ha despedido? —exclamó Rabanito.

—Sí, esta mañana. Dice que quiere dejar la tarea de conserje y buscarse otra cosa.

—¡Eh, tío, eh! ¿Por nosotros? —se me escapó.

«Gran Siggi» se quedó mirándome.

—Fede, ¿cómo se te ocurre tal cosa?

—Bueno —dije titubeando, arrepentido de no haber podido mantener la boca cerrada—. Pensaba que por el asunto de la polvera y eso.

«Gran Siggi» se echó a reír.

—No, no parece que tenga nada que ver con vosotros. Posiblemente, el trabajo de conserje le resulte demasiado duro. Parece ser que es demasiado para él. Bueno, y ahora se acabó la charla. ¡Andando a clase! ¡Tenemos trabajo que hacer!

Lo de trabajar en las siguientes dos horas quedó más bien en aguas de borraja, al menos en lo que a mí respecta. No podía quitarme al señor bedel de la cabeza. Que «Gran Siggi» dijera que nosotros no teníamos nada que ver con que el conserje dejara su trabajo no me convenció. Al fin y al cabo él no conocía más que una parte de la historia y, sobre todo, no había oído lo que nos había dicho el bedel cuando estuvimos ante la puerta de su casa. «¿Queréis deshaceros de mí?», había gritado. «¡No vais a conseguirlo! ¡Vosotros no!»

Y ahora parecía ser que sí lo habíamos conseguido. ¿O podía ser que hubiera otros motivos? A ver si, al final, iba a tener Charly razón. ¿El mal aspecto del bedel era sólo fingido? ¿Había mentido para despistar al decir que el trabajo de conserje le parecía demasiado duro?

Como no podía ser de otra forma, no hubo otro tema de conversación en el siguiente recreo. Se confirmó que durante las dos últimas horas los demás habían estado cavilando sobre las mismas ideas que yo. Sólo que Charly las había dirigido en una dirección, y Estefi y Rabanito en otra.

—Esto no es más que una artimaña para despistar —opinó Charly completamente convencido—.

Quiere poner tierra de por medio y por eso finge ante nosotros estar enfermo.

—¡Qué tontería! —exclamó Estefi—. ¡Tú mismo has visto cómo estaba! Eso no se puede fingir.

—Seguro que se ha despedido por nuestra culpa —dijo Rabanito—. No se me ha quitado de la cabeza lo que nos dijo ayer tarde. Parecía estar convencido de que queríamos librarnos de él. Seguro que por eso quiere marcharse.

—La verdad es que da igual por qué se va —opinó Estefi triste—. A primeros del mes que viene se mudará, incluido su extraño inquilino, quienquiera que sea o lo que sea. Ya no habrá quiosco y muy pronto ya nadie se machacará los sesos por saber si quería espiar a la señora Sulte-Stratmann bajo la ducha o no. ¿Por qué no le dejamos simplemente irse en paz?

—¡Hasta ahí podíamos llegar! —exclamó Charly—. ¿Has olvidado el grito? No, cuando se tiene la oportunidad de evitar un crimen, hay que hacerlo. ¡De lo contrario, hasta podemos convertirnos en culpables también! Propongo que discutamos esta tarde en el huerto nuestras próximas acciones.

—Está bien —contestó Estefi—. Pero aun así voto por dejarle en paz.

No podía evitarlo. Cuanto más lo pensaba, más de acuerdo estaba con Estefi y Rabanito. Cada vez estaba más convencido de que el despido de nuestro conserje tenía algo que ver con nosotros. Me acordé de lo que dijo mamá: ¡Todos para uno y uno para todos! ¡Tenía que averiguarlo! Al fin y al cabo, ya había estado una vez en casa del bedel para disculparme.

Realmente, mi primera experiencia había sido muy aterradora; en cambio, cuando fui con mis amigos, me había sentido mejor, pero estaba seguro de que, si Charly me acompañaba, lo volvería a estropear todo con su excesivo entusiasmo, al igual que la última vez. Y también tenía claro que no podía presentarme en la vieja mansión, así como así, para preguntarle al conserje por los motivos de su marcha. Estaba seguro de que, después de nuestro numerito, ya no me lo iba a contar. Sin embargo, tenía que hacer algo antes de encontrarme con Charly y los demás en el huerto. Porque, cuando Charly se pone en marcha, ya no hay quien le frene, y quién sabe lo que iba a organizar esta vez.

De modo que decidí dejar los deberes para mejor momento e ir con Precioso, nada más terminar de comer, al colegio. Tal vez podría observar a escondidas al bedel y averiguar algo. O quizá me cruzaba con él, por casualidad, y aprovechando la ocasión, le explicaba con toda tranquilidad el motivo de nuestra visita del día anterior.

Cuando llegué a casa me alegré de tener un plan tan bueno.

Mi madre me recibió muy contenta.

—¡Ah, Fede, ya estás aquí! La comida ya está lista. Y después, ¡nos vamos a comprar y a comer un helado!

Fue como un mazazo en la cara. ¡Se me había olvidado por completo! ¡Mi estupendo plan se había desvanecido! No podía defraudar a mamá otra vez. Seguramente le hacía ilusión ir conmigo a comprar y después a comer un helado.

—Fede, ¿qué te pasa? ¿Por qué me miras de esa forma tan rara?

—¡Nada, mamá! —contesté rápidamente—. Todo está bien. Comemos, y luego, nos vamos.

Mi madre ladeó la cabeza y se quedó mirándome.

—Dime, hijo, ¿por casualidad habías hecho otros planes para esta tarde?

—Bueno, si te soy sincero, sí —dije, ya que no tenía ningún sentido negarle algo a alguien que, como es sabido, puede leer los pensamientos.

—¡Por Dios, Fede! —exclamó mamá—. ¿Por qué no me lo has dicho? Si quieres quedar con tus amigos, puedes hacerlo. Yo voy a disfrutar de mi tarde libre de una manera o de otra.

—¡No, no, mamá! Te prometí que iría contigo de compras e iremos.

Mamá se acercó a mí, me sentó en una silla y ella se sentó frente a mí.

—Fede, ahora escúchame. No tienes que sentirte obligado conmigo, y menos porque no nos vemos demasiado. Si yo me alegro de que tengas amigos y de que no estés a todas horas bajo mis faldas. Cualquiera que tenga hijos, ha de acostumbrarse a que se hacen mayores y viven cada vez más su propia vida. Y eso es bueno. Cuanto antes se acostumbre uno, más fácil le será cuando se vayan definitivamente de casa. Fede, tú seguro que también lo harás algún día. Así que, por favor, ¡vete esta tarde a tu cita!

Yo asentí.

—Está bien, mamá, me iré. ¿Y seguro que no estás enfadada conmigo por eso?

—Fede, eso es lo que acabo de decirte.

Mamá me había convencido, de modo que, finalmente, aquella tarde pude llevar a cabo mi plan, sin remordimientos de conciencia.

Cuando llegué al huerto, estaban la tía Hilde y el tío Werner ante su parra contemplando cómo comía Precioso.

—¡No tenéis que darle siempre de comer! —les dije—. A fin de cuentas es nuestro perro, así que somos nosotros los que tenemos que cuidar de él.

—Qué va, si nos gusta hacerlo —contestó la tía Hilda—. Nos llena de gozo verle comer con tanto apetito.

Sí, exactamente ése era el problema. A veces estaba un poco celoso. Porque a mí también me gustaba cuando Precioso se alegraba por su comida.

Esperé a que la tía Hilde y el tío Werner se marcharan, y luego, le di también lo que le había traído yo. Y nuestro perro se alegró tanto de ello como de lo que le habían traído la tía Hilde y el tío Werner. En ese aspecto se podía confiar en Precioso.

Mientras le observaba, volví a pensar en que aún no le había demostrado a Charly lo inteligente que era nuestro perro. Tal vez lo conseguiría hoy. Si de verdad era tan inteligente como yo pensaba, entonces también sería capaz de entenderme si le hablaba como a una persona. Me arrodillé frente a él.

—Vamos a ver, Precioso, escúchame —le dije.

Él levantó un instante la vista, para después volver a dedicarse a su cuenco, lo cual no era ningún problema, ya que podía escuchar mientras comía.

—Precioso, esta tarde tenemos que ocuparnos nuevamente de un asunto —continué diciendo—. Tiene que ver otra vez con el conserje. Se ha despedido y no sabemos exactamente por qué. Por eso, nosotros dos vamos a ir ahora al colegio para intentar averiguar algo. ¿Me has entendido?

Nuevamente, Precioso me miró. Y parecía algo enfadado, si es que se puede decir tal cosa de un perro. Tal vez no le estaba gustando que le estuviera soltando el rollo mientras él se dedicaba a su actividad preferida.

—Así que en cuanto veas u oigas algo —continué diciendo a pesar de todo, porque no quería perder tiempo—, me haces una seña, ¿vale, Precioso? ¿Me has entendido?

Por fin, su cuenco quedó vacío. Precioso se estiró y desperezó unas cuantas veces, luego se fue tranquilamente hacia su lugar preferido junto a la parra, se tumbó y me miró con ojos soñolientos.

—¡Eh, tío, eh! ¡Precioso! ¡No querrás ahora dormir la siesta!

Fui hacia él y le cogí en brazos.

—Hasta ahí podríamos llegar. Nos vamos al colegio, tal como he dicho.

Hay días en los que me inclino a creer que Charly tiene más razón que yo en lo que se refiere a Precioso.

No me imagino nada más desolador que un patio escolar desierto por la tarde. Eché un vistazo a mi alrededor, pero no descubrí nada. Crucé unas cuantas veces el patio de un lado a otro, esperando que el bedel hiciera acto de presencia. Pero aparte de un par de pájaros piando desde los árboles y un gato correteando por el jardín de la mansión, no había nada interesante. Un par de veces me detuve ante la entrada del jardín y estuve a punto de entrar y de llamar a la puerta del conserje. Pero, al final, no lo hice. Todavía tenía demasiado fresco en la memoria lo furioso que se había puesto la última vez.

Sopesé si debía entrar en el edificio principal del colegio. Tal vez el conserje estuviera allí. Claro que en ese caso me hubiera sido más difícil hacer aparentar

nuestro encuentro como fruto de la casualidad. Precioso tomó la decisión por mí. Sin aviso previo, saltó de mis brazos, y corrió ladrando como un loco hacia el edificio escolar.

—¡Precioso! —grité tras él—. ¿Pero qué haces? ¿Adónde vas? ¡Para!

Como tantas otras veces, a nuestro perro ni se le ocurrió hacerme caso. De modo que no me quedó más remedio que salir corriendo tras él.

Con rumbó fijo, corrió hacia la puerta de entrada del edificio. Hasta entonces no me había percatado de que estaba entreabierta. Precioso desapareció tras ella de un solo salto. Abrí la puerta de un empujón y entré. Si lo perdía por los pasillos del colegio, lo más probable es que no volviera a verlo nunca más.

Si un patio escolar vacío ya era desolador, un edificio escolar, por la tarde, lo era aún más. Las señoras de la limpieza ya hacía rato que se habían marchado y en los pasillos sólo lucía una luz muy débil. Cada paso que daba retumbaba como si estuviese en una iglesia enorme.

Busqué a Precioso, pero al parecer era más rápido de lo que yo pensaba, porque no lo veía por ninguna parte. Me paré y escuché. Tal vez así podría oír sus ladridos o al menos sus silbidos. Pero todo estaba en silencio. Era como si a Precioso se lo hubiera tragado la tierra. Poco a poco iba creciendo en mí el temor por mi pequeño amigo, y eso que no lograba imaginarme qué peligros podían acechar en un edificio escolar vacío.

—¡Precioso! —le llamé en voz baja—. Precioso, ¿dónde estás? ¿Te has escondido de mí?

—De nuevo escuché atentamente, pero seguía sin oír ni el más mínimo ruido. Era extraño. Estaba viniendo aquí todos los días, exceptuando las vacaciones y los fines de semana, conocía el edificio mejor que mi propio cuarto, y aun así, en esos momentos me resultaba de alguna manera diferente e incluso un poco siniestro.

De repente me di un susto de muerte. ¡El bedel! ¿Qué pasaría si Precioso se cruzaba con el conserje y éste le secuestraba? Me acordé de las teorías de Charly. ¿Sería un secuestrador? ¿O vendería animales raros? Precioso es muy raro. De un perro así seguro que no existen dos. Además, es cierto que el bedel se puso muy furioso con Precioso por entrar ladrando y gruñendo en su casa. ¿Por qué lo haría? ¿Será que sabe más que nosotros? ¿Habrá descubierto él ya lo que a nosotros aún nos aguarda? Aunque me temblaban las piernas de miedo, tenía que saber si Precioso había caído en las manos del conserje.

Con mucha cautela tomé el camino hacia el despacho del nuevo bedel. Me esforcé por amortiguar mis pisadas lo más posible. Al fin y al cabo no tenía ganas de que el conserje me secuestrara también a mí.

De camino a la oficina del conserje pasé por delante del quiosco. Casi de casualidad miré hacia la puerta en la que por la mañana habíamos encontrado pegado el letrero y casi se me para el corazón del susto. ¡La puerta estaba entreabierta! Aún más cauteloso que antes, me fui acercando sigiloso hasta allí cuando, de repente, pude oír claramente un ruido que provenía del interior.

6
El grito en la sala de profesores

Sonaba como si estuviesen arañando o cavando algo, pero no podía identificarlo claramente. Necesité todo mi valor, ya que no tenía más remedio que abrir la puerta para ver lo que se ocultaba tras ella.

Conteniendo la respiración, empujé silenciosamente la puerta y me asomé. La imagen que allí se me ofreció me dejó de piedra.

En el quiosco parecía que había caído una bomba. Por todas partes había golosinas, latas de bebidas y papeles tirados. También había recipientes de leche reventados. Una de las estanterías incluso estaba volcada. Y en mitad de aquel caos encontré a mi Precioso sentado, arañando una bolsita de plástico que envolvía un bocadillo ya pasado.

—¡Precioso! —exclamé olvidándome de toda precaución—. Maldita sea, ¿qué estás haciendo aquí?

¿Por qué te largas de esa manera y no contestas cuando te llamo? ¡Estaba tan preocupado por ti!

Precioso dejó por unos instantes su bolsita de plástico y me miró. Su cara parecía incluso reflejar cargo de conciencia, pero luego siguió intentando llegar hasta su bocata.

Me acerqué a él y me arrodillé entre las chocolatinas y los charcos de leche.

—¡Precioso, eres un glotón! ¡Si acabas de comer dos veces! Oye, este caos no lo habrás organizado tú, ¿verdad?

Me fijé un poco más detenidamente en lo que me rodeaba. No, ni siquiera Precioso habría podido ocasionar semejante desastre en tan poco tiempo.

A mi lado había una chocolatina tirada, justamente una de las que más me gustan; me pregunté si sería un robo cogerla. Entonces, por suerte, me acordé de que si me la zampaba en el acto sólo sería un hurto famélico y eso, creo, que ni siquiera está penalizado. Lo aprendimos con «Gran Siggi». Mientras me metía la chocolatina en la boca con dos mordiscos, me alegré de haber aprendido algo útil en el colegio.

Acto seguido me sentí mucho mejor. Porque, cuando me suenan las tripas, no puedo ni siquiera pensar. Después de llevar un buen rato cavilando, me invadió un malestar. Pensé en qué ocurriría si de repente aparecía el bedel y nos pillaba *in fraganti* a Precioso y a mí. Seguro que creería que habíamos sido nosotros los que habíamos provocado ese desorden en su quiosco, y nos sería realmente muy difícil demostrar lo contrario.

Me levanté de un brinco y cogí a Precioso en brazos. Entre su escasa dentadura sujetaba con fuerza la bolsita de plástico con el bocadillo.

—Precioso, larguémonos. Si el conserje nos encuentra aquí, tendremos problemas. Puedes quedarte con el bocata. Con semejante caos no le importará al bedel que haya uno más que uno menos.

A escondidas me asomé por la puerta al rellano. No salí hasta que no estuve seguro de no oír ni pasos, ni ningún otro ruido sospechoso. Luego me dirigí, con Precioso en brazos y sin rodeos, hacia la salida.

Ya habíamos llegado a las escaleras que llevaban al piso de arriba, o sea que casi lo habíamos conseguido, cuando oí el grito. Provenía del piso de arriba y aun así se escuchó más alto y más cerca que el que habíamos oído en la mansión. ¡Pero era la misma voz! ¿Sería por eso por lo que me sonaba tan familiar? ¿O porque era de alguien a quien conocía? ¿Tal vez de un profesor? ¿O incluso de la señora Sulte-Stratmann?

Del susto que me di bajé por unos instantes la guardia, y la bolsita con el bocadillo voló por los aires; entonces Precioso, visto y no visto, se bajó de un salto de mis brazos y comenzó a subir las escaleras.

Sin pararme a pensar ni un segundo, recogí el bocadillo. ¡No debía dejar huellas! A veces no venía mal tener un amigo como Charly. Me lo metí en el bolsillo y corrí tras Precioso escaleras arriba. No le llamé, porque quién sabe a quién habría alertado de mi presencia.

Cuando alcancé jadeando el piso superior, no pude ver en un principio a Precioso, pero luego mi vista se clavó en la puerta de la sala de profesores que estaba abierta de par en par. Normalmente una puerta abierta no significa nada especial, pero la sala de profesores solía estar siempre cerrada. ¡Siempre! Los profesores le prestaban más atención a ese hecho que a que hiciéramos trampas durante los exámenes.

¿Por qué se encontraría ahora la puerta abierta? Precioso tenía que estar en esa habitación. Pero, ¿qué o a quién había descubierto allí dentro? Yo no sabía a ciencia cierta si realmente quería descubrirlo. ¿Qué había ocurrido en esa sala? ¿Había huido el autor del grito? Probablemente me estaría exponiendo a un mayor peligro que cuando entré hace unos días en los vestuarios de las chicas. ¡Pero en esa sala de profesores estaba Precioso! Oía claramente sus silbidos. Jamás abandonaría a mi pequeño amigo a su suerte. Reuní todo mi valor y me asomé, por la puerta abierta, a la sala de profesores.

En el centro estaba la gran mesa, a la que se sentaban los profesores durante los recreos, cada uno en su sitio específico y alrededor de la cual también celebraban reuniones secretas. Por detrás de ella, se oía a Precioso silbar y gruñir. ¿Habría alguien tumbado en el suelo?

—¡Eh, tío, eh! ¡Precioso, sal de ahí! —exclamé en voz baja, en el interior de la sala.

Pero Precioso no reaccionó. Con cuidado di un paso al frente. Entonces vi que Precioso silbaba a una ventana abierta. ¿No se habrá caído nadie por la ventana, o aún peor, habrá sido empujado al vacío? ¿Tal vez uno de los profesores? ¿La señora Sulte-Stratmann? Me invadió tal pánico que empecé a sudar.

Quería entrar del todo en la sala de profesores para ver si descubría algo sospechoso, pero una fuerza invisible me lo impedía. Como ya he dicho, la sala de profesores es una especie de lugar sagrado y secreto, sólo para profesores. Los alumnos no pueden poner un pie en ella. Ni siquiera cuando, como desgraciadamente a nosotros demasiadas veces, se les ordena acudir hasta allí, en cuyo caso uno se queda delante de la puerta y los más valientes se atreven a estirar el cuello para echar una mirada al interior. Alguna vez me había imaginado que me caería un rayo o algún otro horrible castigo si yo, un pequeño e insignificante alumno, me atrevía a pasar al santuario llamado «Sala de Profesores». Y exactamente ese miedo, mejor dicho, ese respeto, me impedía ahora dar un solo paso al interior.

«Pero esto es una emergencia», me decía a mí mismo.

Por debajo de la ventana de la sala de profesores se encontraba el huertecito que habíamos plantado junto a la señora Sulte-Stratmann. Ante mi imaginación apareció la imagen de la señora Sulte-Stratmann, gravemente herida, retorciéndose de dolor entre el perejil criado por ella misma y los otros míseros hierbajos. El deseo de salvarla de esa situación fue mayor que el miedo a la venganza del furioso fantasma de la sala de profesores.

Sin mirar ni a izquierda ni a derecha, me fui acercando paso a paso hasta la ventana abierta, para poder ver qué o quién estaba tumbado, probablemente reventado, en el huerto escolar. Mi alivio fue indescriptible al ver que en él no había nada que ni de lejos se pareciera a nuestra profesora de Biología. Habría sido horrible que la señora Sulte-Stratmann hubiera sido arrojada de la sala de profesores precisamente a su propio huerto.

—Jo, Precioso. ¿Qué es lo que te ha alterado tanto? —le pregunté a mi perro, que seguía atento frente a la ventana abierta, y lo cogí en brazos; ahora ya me sentía un poco más seguro—. ¿Pero qué cosas haces? ¿Por qué estás tan excitado? ¿Qué pasa con la ventana?

Nuevamente pude ver en su mirada que intentaba decirme algo. ¿Por qué no podrán hablar los perros?

—Lo siento, pequeño, pero, por desgracia, no entiendo lo que quieres decirme —le susurré mientras le rascaba su media oreja—. Desgraciadamente no veo nada que pueda ser sospechoso. Creo que será mejor que nos vayamos de aquí.

Al igual que me había costado tanto entrar, ahora también titubeé unos instantes para salir de la sala de profesores. Esos instantes de duda fueron mi salvación. Escuché claramente pasos en el pasillo. ¡Se acercaban con rapidez! Quien quiera que fuese venía hacia la sala de profesores. Eso lo supe enseguida. A pesar del pánico que me invadió, descubrí un armario ropero en uno de los rincones de la sala.

Sin pensarlo dos veces, abrí rápidamente la puerta, me metí dentro y la volví a cerrar tras de mí. Entonces me di cuenta de que los profesores, en aquel armario, guardaban su ropa de deporte. ¿Estaría entre ella también el bonito chándal de la señora Sulte-Stratmann? Me resultaba difícil imaginármelo, porque en la base del armario se amontonaban las deformadas por el uso zapatillas de deporte de los profesores sobre las que yo intentaba a toda costa mantener el equilibrio. ¡Desprendían un olor francamente asqueroso! Mantuve la respiración y recé para que Precioso no empezara a silbar.

Tuve razón con mi suposición. Alguien cruzó con pasos pesados la sala de profesores. No pude resistirme. A pesar del inminente peligro de ser descubierto, abrí un poco el armario para poder mirar lo que sucedía fuera. ¡El aire fresco que me vino de frente era una bendición! Además, ahora podía ver quién era el que andaba por la sala de profesores. ¡Era el bedel! Su cara estaba roja como un tomate, llevaba el pelo despeinado y en su frente se dibujaban gotas de sudor.

—¿Dónde estás? ¡Maldito seas! —vociferó de repente.

Del susto que me di, me escurrí sobre las inseguras zapatillas y casi me caigo contra la puerta. ¿Se referiría a mí? Tal vez nos había estado observando a Precioso y a mí, y ahora nos estaba buscando.

El nuevo conserje se apresuró hacia la ventana y se asomó.

—¡Otra vez te me has escapado! —exclamó hacia el huerto de la señora Sulte-Stratmann—. ¡Pero no te va a servir de nada! ¡No vas a escapar de mí! ¡Lo del quiosco me lo vas a pagar! ¡Te lo juro!

De pronto se dio media vuelta, salió corriendo por la puerta y la cerró tras de sí. De buena gana me habría echado a gritar cuando escuché la llave girar en la cerradura desde fuera. ¡Estaba encerrado!

En mi cabeza se dispararon las ideas. ¿A quién perseguía el señor bedel? ¿Nos había visto a Precioso o a mí? ¿Y cómo iba yo ahora a salir de la sala de profesores? Se me nubló la vista. Estaba empezando a pensar que todo ese ajetreo había sido demasiado para mí, cuando me di cuenta de que en realidad me estaba mareando por la falta de oxígeno.

Abrí la puerta del armario, salí de allí escopeteado y respiré profundamente. Precioso también estornudó tres veces, pero luego volvió a silbar por su mellada dentadura con regularidad.

—¡Jo, Precioso! ¿Y ahora qué vamos a hacer? ¿Cómo vamos a volver a salir de aquí? ¡No quiero ni pensar en lo que hará «Gran Siggi» conmigo si me encuentra aquí mañana por la mañana!

El conserje se había dejado abierta la ventana. Miré hacia abajo en dirección al huerto. De repente me di cuenta de que tenía otra razón más para estarle eternamente agradecido a la señora Sulte-Stratmann. Ella, sin saberlo, me había salvado. Una de las clases de los cursos superiores había fabricado en Tecnología un enrejado, para que treparan por él las judías y los guisantes que la señora Sulte-Stratmann quería plantar la próxima primavera. Ella misma nos lo había contado. Esos enrejados estaban montados sobre la fachada del edificio y llegaban casi hasta la ventana de la sala de profesores. Comprobé que no sólo podían trepar por ellos las judías, sino también bajar alumnos, aunque llevaran un perro en brazos. Pero los de Tecnología no habían hecho un trabajo muy fino. Me clavé una astilla, aunque no me importó. ¡Lo principal es que me habían salvado la vida!

Con mucho cuidado crucé el huerto. No quería pisar las pocas míseras plantas que crecían en él. Luego atravesé el patio escolar corriendo todo lo rápido que pude teniendo a Precioso en brazos. Hasta que no llegué a la calle y me volví a sentir algo más seguro, no empecé a caminar más despacio. De todas formas, no hubiera podido seguir corriendo durante mucho más tiempo.

Ya no entendía nada de nada. Había confiado en descubrir por qué el bedel se había despedido, lo cual seguía siendo un enigma, y por si fuera poco, se habían sumado una serie de preguntas más. ¿Quién había destrozado el quiosco?, ¿quién había gritado tan desgarradoramente en la sala de profesores y había huido después, probablemente, por el mismo camino que yo?, ¿y a quién estaba persiguiendo el conserje?

Al igual que la primera vez, Charly, Rabanito y Estefi ya me estaban esperando cuando regresé al huerto de Precioso.

—Fede, ¿dónde has estado esta vez? —me

preguntó Charly—. No habrás ido de nuevo al colegio a ver al bedel, ¿no?

—Pues sí, exactamente ahí es donde he estado —le contesté—. Y puedo decir que en cierto modo me he cruzado con él.

Charly casi se cae de culo de la impresión.

—¡Jo, Fede! ¿Me estás tomando el pelo?

—¡Eh, tío, eh! ¿Es que tengo yo pinta de eso?

—La verdad es que no —contestó Estefi por él—. ¿Por qué has ido y qué has hecho allí?

Me dejé caer sobre el banco que había delante de la parra de la tía Hilde.

—¡Jo, ahora, lo primero que necesito es beber algo!

—¡Yo te lo traeré! —exclamó Rabanito y corrió enseguida bajo la parra para traerme un poco de zumo de la tía Hilde.

Cuando terminé de saciar mi sed, les conté toda la historia. Esta vez no la adorné y tampoco omití nada. Simplemente conté lo que realmente había ocurrido.

—La cuestión es que ya no creo que el bedel haya hecho nada malo —dije concluyendo mi informe.

Charly, que entre tanto se había sentado a mi lado en el banco, apoyó la cabeza sobre sus manos.

—Yo no me fío nada de ese tipo —opinó.

—¿Lo ves? —le contesté—. Precisamente por eso es por lo que me fui solo.

Estefi me sonrió y me guiñó un ojo.

—Entonces, ¿qué es lo que propones ahora, jefe?

Charly se encogió de hombros.

—Yo ya no entiendo nada. ¿Qué significará todo esto? ¡Este caso se está poniendo cada vez más turbio!

Estaba pensando en lo que había dicho el bedel a través de la ventana abierta de la sala de profesores, cuando de repente me vino una idea a la cabeza.

—¿Y no podría ser que hasta ahora hayamos ido en la dirección equivocada? Tal vez el señor bedel no sea el autor, sino la víctima.

Charly alzó la vista.

—¿Qué quieres decir?

—¿Acaso crees que él mismo organizó el caos en su quiosco? —le pregunté como respuesta—. Además, le gritó al que estaba persiguiendo que quería hacerle pagar lo del quiosco. Con ello sólo se podía referir al destrozo del mismo quiosco.

—¡Jo, Fede! —exclamó Charly—. ¡Esto le da al caso una perspectiva completamente distinta!

—¡Fede! —resopló Estefi—. ¿Era necesario?

—¡No, no, Estefi, déjalo! —exclamó Charly otra vez—. Fede podría tener razón. Sólo tenemos que volver a repasarlo todo con atención.

Se levantó.

—¿Y ahora qué te pasa? —le preguntó Estefi—. ¿Es que te quieres ir ya?

—Sí. Ya os he dicho que quiero repasar otra vez la idea de Fede. Pero aquí no puedo concentrarme. Me iré a casa a retirarme y mañana os informaré de mis conclusiones. Así que, ¡hasta mañana en el colegio!

Atónitos, nos quedamos mirando cómo se marchaba, pero ninguno de nosotros intentó detener a nuestro jefe. De todas formas, no habría servido de nada.

Estefi y Rabanito se quedaron un rato más. Pero ya no seguimos hablando del señor bedel, sino que estuvimos jugando con Precioso.

Cuando finalmente ellos también se marcharon,

aún era pronto. A mí me venía muy bien. Así, si mamá todavía no había llegado a casa, yo tal vez podría limpiar un poco o fregar los cacharros.

* * *

Tal como era de esperar, a la mañana siguiente Charly nos esperaba con sus conclusiones delante del colegio.

—A Rabanito y a Estefi ya les he contado todo —me saludó.

Yo había sido el último de Charly & Company en llegar al patio del colegio.

Miré a los mellizos. En sus caras se reflejaba claramente que Charly llevaba ya un buen rato distrayéndoles con sus cavilaciones. Pero resultó ser mucho peor de lo que yo me había imaginado.

Charly sacó un folio y, todo orgulloso, me lo puso bajo las narices. Hemos tenido que sufrir las listas y tablas que continuamente confecciona Charly más veces de las que nos hubiera gustado.

—¡Ten! Lo he apuntado y ordenado todo. La conclusión es, por así decirlo, inequívoca.

—¿Por así decirlo? —pregunté cogiendo el densamente escrito folio.

Hipótesis: El bedel es la víctima y no el autor		
Hechos	**Móvil para cada hecho**	**Entresijos**
El bedel devuelve la polvera de la señora Sulte-Stratmann tarde.	No hay móvil, ya que el bedel ha dicho la verdad.	La señora Sulte-Stratmann ha perdido efectivamente la polvera.
El bedel sorprende a la señora Sulte-Stratmann bajo la ducha.	El autor pretendía poner al bedel en una situación comprometida.	Por medio de un pretexto, el autor ha conducido al bedel a los vestuarios.
En la casa del bedel se escucha un grito aterrador.	El autor intentó obligar al bedel a que abandonara el colegio mediante la fuerza física.	El grito fue del propio bedel, porque estaba siendo atormentado por el autor.
El quiosco del bedel es destrozado.	Con ello el autor pretendía provocar que el bedel abandonase el colegio	Un autor desconocido irrumpe en el quiosco del bedel y lo destroza.
Sospechosos: 1. Señor Werther 2. «El guapo de Gerardo» 3. Señora Sulte-Stratmann		

Estudié atentamente los apuntes de Charly. Mientras tanto de reojo veía cómo Charly se estaba poniendo cada vez más nervioso. Seguramente no tardaría en reventar, si no podía explicarme enseguida la maravilla que había ideado esta vez.

—Como ves —dijo finalmente cuando ya no se pudo aguantar más—, he partido de la hipótesis de que el señor bedel es la víctima y no el autor. Empezando por la polvera, en cuyo caso he supuesto que él ha dicho la verdad, hasta el destrozo de su quiosco.

—¡Eh, tío eh! ¿De verdad crees que ha gritado él mismo? —le pregunté a Charly—. Porque no se parecía en nada a su voz.

—Cuando una persona se encuentra en inminente peligro, a menudo su voz suena muy diferente.

—¡En inminente peligro! —exclamó Estefi—. ¿Por qué iba a estar el señor bedel en inminente peligro?

—Por ejemplo, porque el señor Werther le estuviera atormentando. Uno oye continuamente de métodos con los que alguna gente pretende deshacerse de competidores indeseados. Y ese Werther seguro que no es de los tipos más agradables.

En eso no le contradijo ninguno de nosotros.

—¡Eh, tío, eh! ¿Y qué pasa con el grito en la sala de profesores? ¿Eso también fue él?

Charly se encogió de hombros.

—Quién sabe, puede que allí se haya producido una pelea. Además, ni siquiera sabes con exactitud si el grito provenía realmente de la sala de profesores. Sólo lo supones, porque encontraste allí a Precioso.

—Pero el señor Werther no es el único sospechoso —intervino Rabanito—. También has apuntado en la lista al «guapo de Gerardo» y a la señora Sulte-Stratmann.

—¡Eh, tío, eh! ¡Otra vez la señora Sulte-Stratmann, no!

—Tranquilo, que ella no es la sospechosa principal —dijo Charly intentando calmarme—. Es sólo porque he partido de la teoría de que el motivo principal del caso es echar al bedel del colegio. Pero eso sólo se me ocurrió después de que tú me contaras que el quiosco había sido destrozado. Seguro que ésa fue la culminación de las traiciones, que tenían por objeto llevar al conserje a despedirse.

—Si eso fuera realmente así, parece que el susodicho ha conseguido lo que quería —opinó Estefi.

—¡Pero no la señora Sulte-Stratmann! —exclamé nuevamente.

—¡Oye, no me calientes más los cascos con tu señora Sulte-Stratmann! —me increpó Charly, mientras Rabanito y Estefi casi no se podían reprimir la risa.

La verdad es que Estefi podía haber sido un poco más considerada; al fin y al cabo, ella debía de saber cómo me sentía yo.

—Entonces, ¿por qué la has incluido en la lista de sospechosos? —preguntó Rabanito.

—Porque estuve dándole vueltas a quién podría estar interesado en que el bedel abandonase el colegio.

—Vale, si eso lo entiendo, al menos en lo que respecta al señor Werther y la señora Sulte-Stratmann —dijo Estefi—. El señor Werther es su competidor y la señora Sulte-Stratmann está en contra de un quiosco en el colegio. Pero..., ¿qué tiene que ver «el guapo de Gerardo» en todo esto? ¡Si él no ha dicho nunca nada en contra del quiosco!

Charly se inclinó un poco hacia delante.

—Muy sencillo, Estefi. ¡Celos! Después de la avaricia y la envidia, los celos son el móvil más frecuente. Ya no te acuerdas de lo celoso que se puso «el guapo de Gerardo» cuando la señora Sulte-Stratmann le dio las gracias al nuevo conserje por haber encontrado y devuelto la polvera.

Rabanito movió la cabeza negativamente.

—No sé. A mí me parece que todo esto es demasiado rebuscado, al menos en lo que se refiere al «guapo de Gerardo» y la señora Sulte-Stratmann.

—Hombre, yo no lo definiría como rebuscado

—opinó Charly—, pero debo reconocer que para mí el principal sospechoso es el señor Werther. Deberíamos empezar nuestras investigaciones con él.

—¿Qué investigaciones? —exclamó Estefi.

—Muy fácil. Durante el próximo recreo vamos a ir a ver a ese Werther y le tantearemos un poco.

—¡Pero no nos está permitido abandonar el colegio durante el recreo! —exclamó Rabanito—. Además, ¿cómo quieres tantearle?

—Eso déjalo en mis manos —contestó Charly.

A pesar de las protestas de Rabanito, nos escabullimos durante el siguiente recreo a escondidas del patio del colegio. Por suerte le tocaba la guardia a la señora Rotkehl, nuestra profesora de Música. De modo que no fue necesario ser demasiado precavidos, porque normalmente no suele estar muy atenta.

Después de llamar dos veces al timbre, el señor Werther abrió finalmente su ventana para la venta al público.

—¿Y? ¿Qué hay? —dijo de mala gana—. ¿Ya habéis terminado las clases? ¿Tan pronto?

—No. Tenemos recreo —contestó Charly—.

Sólo queríamos refrescarnos un poco con su deliciosa y fresca Coca-Cola.

—¿Éste siempre habla así de meloso? —le preguntó el señor Werther a Rabanito.

—Casi siempre.

Refunfuñando algo entre sus barbas, el señor Werther se fue a la trastienda y volvió con una de sus famosas Coca-Colas calenturientas. Sin mediar palabra, nos la puso sobre el mostrador. Charly pagó y el señor Werther volvió a desaparecer en el interior.

—¿Y ahora qué? —preguntó Rabanito en voz baja.

—Ya lo verás —susurró Charly.

Después carraspeo un poco.

—¡Qué pena que nuestro conserje, el nuevo conserje, tuviera que cerrar su quiosco! —dijo en un tono tan alto que Estefi, Rabanito y yo nos asustamos—. Si el bedel, nuestro conserje, siguiera teniendo abierto su quiosco, entonces podríamos estar allí bebiéndonos una Coca-Cola fresquita.

—¿Por qué gritas tanto? —susurró Rabanito otra vez.

—Porque quiero estar seguro de que nos está oyendo —contestó Charly susurrando esta vez—. Y quiero sacarle de su reserva.

—Bueno, pues que tengas suerte —dijo Estefi y bebió de la Coca-Cola.

—Ahora que nuestro conserje ya no tiene abierto su quiosco, los alumnos tendrán que venir todos aquí a comprar, como es natural —siguió Charly vociferando—. Eso seguro que es beneficioso para el propietario de este quiosco, porque ahora ya no tiene competencia.

Charly se calló y miró por la ventana de venta al interior del quiosco.

—Ahí no se mueve nada —dijo Rabanito—. Puedes seguir.

Charly inspiró profundamente.

—Si yo tuviera un quiosco como éste, también me alegraría de tener un competidor menos. ¡Tal vez incluso ayudaría un poco para que así fuera!

—¡Eh, tío, eh! ¡Ahí viene! Menos mal, porque mis oídos no habrían aguantado esta escandalera durante mucho más tiempo.

El señor Werther se acercó arrastrando los pies a la ventana de venta y la abrió.

—¿Qué pasa? ¿Alguien ha dicho algo? ¿Queréis comprar alguna otra cosa?

—¿Es que no ha oído usted lo que he dicho? —le preguntó Charly desconcertado.

El señor Werther movió la cabeza negativamente.

—No, en este momento están echando en la televisión mi serie preferida. Además, ya no oigo demasiado bien. Así que, ¿qué?, ¿vais a comprar algo más o no?

—Eh…, pues en realidad no —tartamudeó Charly, mientras Estefi se atragantaba con la Coca-Cola.

—¿Entonces por qué vociferas de esa forma?

—Yo…, en realidad, yo sólo quería saber si usted conoce a nuestro nuevo conserje.

—Claro que lo conozco. Es el que abrió el quiosco en el colegio.

—¿Abrió? —preguntó Estefi—. ¿Es que usted ya sabe que lo ha vuelto a cerrar?

El señor Werther asintió.

—Claro que lo sé. Yo sé prácticamente todo lo que ocurre en el colegio.

—¿Y? —preguntó Charly—. Usted debe de alegrarse por ello, ¿no? Al fin y al cabo era su competidor.

—¡Bah, competidor! ¡Y a mí qué más me da! Yo vendo aquí mis cosas. Lo que hacen los demás me da igual. ¡Y vosotros deberíais tomar ejemplo!

—¿Y a usted por qué le da igual? —preguntó

Rabanito—. Si el bedel cierra su quiosco, ¡usted podrá vender mucho más!

—Me da igual, porque no vivo de que unos zánganos como vosotros me hagan preguntas estúpidas y me roben mi tiempo. Así que, ¿queréis comprar algo más o no?

Movimos nuestras cabezas.

—Entonces dejadme terminar de ver mi serie de una vez —dijo el señor Werther enfadado y cerró bruscamente la ventana.

—Si le da igual que el nuevo conserje mantenga su quiosco abierto o no, entonces no tiene sentido pensar que lo quiere echar de allí —razonó Rabanito, cuando el propietario del quiosco ya había desaparecido en la trastienda.

—No se te escapa una —gruñó Charly–. Suponiendo que haya dicho la verdad. Pero aún estoy muy lejos de estar convencido de eso.

—¡Eh, tío, eh! De todas formas, no hemos avanzado nada.

Charly se terminó de beber la Coca-Cola y furioso tiró la lata vacía en la papelera.

—¡Eso ya lo sé! Tendremos que pensar en otra táctica. Ahora de momento nos dedicaremos a los demás sospechosos.

Yo no sé lo que tiene que ocurrir para que Charly se rinda, una vez enganchado al caso. Cualquier otro habría tirado ya la toalla hace tiempo, pero Charly ni se lo planteaba, estoy seguro.

La oportunidad de dedicarnos a los demás sospechosos, como había dicho Charly, se nos brindó muy pronto. Justo después del recreo teníamos *Mates* con «el guapo de Gerardo». Cuando nuestro profesor de Matemáticas entró en el aula, se dirigió primero, como todos los días, al espejo que colgaba por encima del lavabo que había en nuestra clase, se miró en él y comprobó si su peinado seguía estando en perfectas condiciones.

«El guapo de Gerardo» es uno de los profesores con los que uno puede llevarse bien si no llama la atención. Pero como la tome con uno, se acabaron las risas, al menos para su víctima. Él, en cambio, se divierte con la víctima que es un espanto. Uno de esos pobres infelices que casi siempre es triturado por «el guapo de Gerardo» es Rabanito. En lo que se refiere a las Matemáticas, no sólo «el guapo de Gerardo» sino también todos nosotros le habíamos dado ya por perdido. Pero entonces, en el último examen y para sorpresa de todos, sacó una buena nota.

Charly se mantuvo durante casi toda la hora de Matemáticas callado. Pero yo veía cómo se escurría de un lado a otro de su silla. Probablemente, sólo estaba esperando el momento propicio para sacar el tema del conserje.

Y ese momento se dio poco antes de que acabara la clase, cuando «el guapo de Gerardo» nos pidió que pensáramos para qué podría servir en la vida real sacar porcentajes. Charly pidió la palabra enseguida.

—Por ejemplo, se podría sacar la cuenta —comenzó a decir, cuando «el guapo de Gerardo» le señaló—, del porcentaje de alumnos que ya no compran en el quiosco del señor Werther desde que el nuevo bedel abrió su quiosco.

«El guapo de Gerardo» se quedó mirándole algo desconcertado.

—Eh, sí, eso podría ser una posibilidad. Aunque me pregunto a quién podría interesar algo así.

—Bueno, por ejemplo al señor Werther —exclamó Charly—. Para él podría ser interesante saber cuántos clientes ha perdido por culpa del quiosco del conserje.

—Sí, claro —contestó «el guapo de Gerardo» a punto de perder la paciencia—. Alguien más sabe algún…

—¡Pero el señor Werther ha dicho que le da igual! —vociferó Charly en mitad de la clase—. Nos lo ha dicho él mismo.

—¿No me digas? —dijo nuestro profesor de Matemáticas arqueando una ceja—. Pues no es el único que comparte esa opinión.

Ésa fue una clara señal para que Charly tuviera cuidado. Pero éste no pareció percatarse de la advertencia.

—Luego, también podría ser interesante para el propio bedel, naturalmente. Pero éste ya ha cerrado su quiosco e incluso se ha despedido.

—Charly —le bufó «el guapo de Gerardo»—. Si

no me equivoco, a esto que intento daros aquí, se le llama clase de Matemáticas. Y para eso, la verdad, es que nos trae sin cuidado quién ha vendido a quién cuántos caramelos. ¿Lo entiendes?

En la clase ya se extendían las primeras sonrisas burlonas.

—Eh, claro que lo entiendo —contestó Charly—. ¿Sabe usted por qué se ha despedido el nuevo conserje?

«El guapo de Gerardo» levantó los brazos hacia el cielo.

—¿Dios mío, por qué me envías siempre alumnos así? ¿Qué te he hecho yo para merecer esto?

Las sonrisas burlonas se convirtieron en un estallido de risas.

—¿Así que usted no lo sabe? —repitió Charly su pregunta como si nada.

Nuestro profesor de Matemáticas se inclinó un poco hacia delante.

—¡No, Charly! —dijo muy seco—. ¡No–lo–sé!

—Pero usted seguro que se alegra por ello, ¿no?

A Charly se le notó enseguida que, en el mismo instante en que terminó de pronunciar la frase, se había dado cuenta de la barbaridad que había dicho. Se mordió el labio, pero ya fue demasiado tarde. Las risas se cortaron en seco, mientras «el guapo de Gerardo» se iba acercando paso a paso hacia Charly.

7
Duelo lingüístico en el que sólo cabe perder

Charly iba empequeñeciéndose en su silla por instantes. Cuando «el guapo de Gerardo», por fin, estuvo frente a él, estoy seguro de que hubiera preferido desaparecer bajo la mesa.

—Charly, me has hecho un montón de preguntas —dijo nuestro profesor de Matemáticas en voz baja—. Ahora quiero que seas tú quien me conteste a mí a unas cuantas.

—Claro —dijo Charly con una sonrisa forzada—. Pregunte lo que quiera.

—Muy amable por tu parte. ¡Muchas gracias! La primera pregunta, y seguramente la más importante es la siguiente: ¿por qué debería yo alegrarme de que el nuevo bedel abandone nuestro colegio?

—No lo sé —contestó Charly con la boca pequeña.

—Pero eso es lo que acabas de decir, ¿no?

—Eso, eso sólo ha sido una suposición.

—Así que una suposición —dijo «el guapo de Gerardo» con su traicionera sonrisa en los labios—. ¿Y puedo saber en qué se basa esa suposición?

Charly se estaba dejando llevar a un duelo lingüístico con «el guapo de Gerardo».

Ése era el error más grave que se podía cometer en este colegio. Eso también lo sabían todos los demás. Por eso, se habría podido oír caer un alfiler, mientras Charly buscaba desesperado una respuesta adecuada.

—Observaciones —soltó Charly de repente—. He realizado algunas observaciones.

—¡Vaya, eso sí que es interesante! ¿Y puedo saber qué clase de observaciones han sido ésas?

Charly intentaba respirar.

—Yo… aquél día, ante la sala de profesores…, cuando la polvera extraviada de la señora Sulte-Stratmann… —tartamudeó.

Ya casi lo tenía. «El guapo de Gerardo» había acorralado tanto a Charly que ya sólo le quedaba una salida: la verdad.

—¿Qué dices, Charly? —le preguntó «el guapo de Gerardo»—. No te entiendo. Por favor, ¿te importaría hablar con frases enteras?

—Aquel día, cuando estábamos todos delante de la sala de profesores y el bedel dijo que él había encontrado la polvera de la señora Sulte-Stratmann —soltó Charly en cascada.

¡Ya estaba! El muro se había venido abajo.

—Entonces, usted también estaba allí. Y, pues, usted hizo algún comentario acerca del nuevo conserje, que él no era ningún profesor y que hiciera su trabajo y eso. Y..., y entonces, yo pensé, ¡que usted estaba celoso de él!

—¿Celoso? —exclamó «el guapo de Gerardo», y parecía que aquello le había sorprendido de verdad—. ¿Por qué debería yo estar celoso de nuestro conserje?

—Por... la señora Sulte-Stratmann —contestó Charly después de una muy larga pausa.

«El guapo de Gerardo» se dio abruptamente la vuelta alzando nuevamente los brazos al cielo. Al mismo tiempo, el silencio de la clase se convirtió en una carcajada atronadora.

—¡Conque era eso lo que pensabas! —gritó «el guapo de Gerardo» en dirección al techo—. ¡El profesor malo y requetemalo está colado por la guapa y requeteguapa profesora, y por eso, se alegra de que su competidor, el pobre y requetepobre conserje, se haya despedido y se esfume!

—Visto así, en cierto modo..., si se toma en serio... —tartamudeó Charly.

—¡Ya lo creo que sí, Charly! —exclamó «el guapo de Gerardo». —Yo lo tomo muy en serio, igual que las Matemáticas. Porque al fin y al cabo soy el profesor de Matemáticas, ¿recuerdas?

Charly únicamente asintió. Hasta ese momento su cara había estado cambiando del blanco al rojo intermitentemente. Ahora, ya sólo quedaban algunas manchas rojas sobre un fondo blanco.

—Eso está muy bien, que entre tantas observaciones todavía te acuerdes de eso. Y para que no lo olvides, te ayudaré a recordarlo en la próxima clase de Matemáticas, y en la siguiente, y tal vez también en la siguiente a ésa. ¿Has entendido lo que he querido decir con esto, Charly?

De nuevo Charly se limitó a asentir con la cabeza. Él no era el único que había entendido lo que había querido decir «el guapo de Gerardo». Todos nosotros conocemos las interminables torturas que suponen tener que resolver problemas en la pizarra para «el guapo de Gerardo», y tener que sufrir sus sarcásticos apuntes y comentarios. Sobre todo, Rabanito sabía muy bien lo que era aquello.

El timbre avisando para el recreo parecía la salvación de Charly. Al igual que todos los demás se levantó de un brinco para poder escapar del «guapo de Gerardo». Pero éste sujetó a Charly por el hombro.

—¡Alto, amigo mío! No tan deprisa. Nosotros dos todavía tenemos que ir a la sala de profesores. Estoy ansioso por saber lo que dirá la querida colega Sulte-Stratmann sobre tus observaciones.

Charly se vino abajo como un globo al que se le suelta el aire.

—¿Quieres que vaya contigo? —le preguntó Rabanito preocupado al pasar por su lado.

—No, no, nosotros dos iremos solos —dijo «el guapo de Gerardo» antes de que Charly pudiera contestar.

* * *

—¿Qué estará haciendo la señora Sulte-Stratmann con él en este momento? —preguntó Rabanito, que seguía preocupado, cuando ya estábamos en el patio del colegio.

—A lo mejor Charly le está preguntando si fue ella la que destrozó el quiosco del conserje —dijo Estefi con una amplia sonrisa—. Entonces ya habrá interrogado a los tres sospechosos en tan sólo dos horas.

—¡Eh, tía, eh! ¿Es que no te da ninguna pena? —exclamé—. La señora Sulte-Stratmann ya estaba enfadada con nosotros, así que cuando se entere de esto, Charly ya se puede preparar.

—Pues si quieres que sea sincera, Charly no me da ninguna pena —contestó Estefi alterada—. De todo esto sólo tiene la culpa él mismo. ¿Para qué le hace al «guapo de Gerardo» esas preguntas tan estúpidas? Si todo el mundo sabe cómo se las gasta. Además, nosotros tampoco le importamos demasiado, si no mira cómo le propuso al bedel ese absurdo trueque, sin consultárnoslo antes.

La verdad es que a Estefi no le faltaba razón; aun así no me habría gustado estar en la piel de Charly, y eso que normalmente deseaba estar lo más cerca posible de la señora Sulte-Stratmann.

—¡Eh, mirad quién viene por ahí! —exclamó Estefi—. ¡Nuestro maestro de detectives!

¡Ciertamente! Mucho más rápido de lo esperado apareció Charly, venía del edificio principal. Por la expresión de su cara no se adivinaba nada, aunque las manchas rojas se habían vuelto más rojas y el fondo blanco más blanco que antes.

—¿Y? —preguntó Rabanito—. ¿Qué ha dicho la señora Sulte-Stratmann?

Charly se encogió de hombros.

—Decir lo que se dice decir, no ha dicho mucho. Sólo me ha mirado. Y luego, me ha propuesto ayudarla en los preparativos para la próxima excursión de Biología.

—Bueno, eso seguro que te ha vuelto loco de contento, ¿verdad, Charly? —exclamó Estefi.

¡Sólo le miró! ¡Yo sabía demasiado bien lo que significaba cuando la señora Sulte-Stratmann miraba! Y encima tenía que ayudar en los preparativos. Eso sí que era un castigo. Las excursiones de la señora Sulte-Stratmann ya eran agotadoras de por sí, y si además tenías que prepararlas, debía de ser el infierno.

—¿Y ahora qué hacemos? —preguntó Rabanito—. ¿Nos olvidamos de todo este asunto?

—¡En eso estaba yo pensando! —contestó

Charly—. ¡Ahora nos concentraremos en el sospechoso principal!

—¿Y eso qué significa? —exclamó Estefi—. ¿Es que aún no tienes suficiente?

—¿Cómo que suficiente? —le gritó Charly; estaba completamente atacado de los nervios, lo cual era comprensible —. ¿De verdad crees que voy a dejar que me humillen de esta manera para luego tirar la toalla a la mitad? ¡Entonces todo esto no habría servido de nada!

¡Eso parecía realmente lógico!

—¡Eh, tío, eh! ¿Y cómo quieres concentrarte en el sospechoso principal? ¿Tenemos que tomarnos otra de esas Coca-Colas calenturientas?

—No, vigilaremos el quiosco. Ese Werther debe de tener algo que ver con todo esto. Creo que los profesores quedan descartados como sospechosos.

—¿No me digas? —dijo Estefi en tono sarcástico.

—Por lo tanto, sólo nos queda el señor Werther —continuó diciendo Charly, sin prestar atención al comentario de Estefi—. Así que lo vigilaremos de cerca.

—¡Eh, tío, eh! ¿Durante cuánto tiempo quieres

estar haciéndolo? Si ni siquiera sabes si vamos a descubrir algo con ello.

Charly cerró la mano formando un puño y lo alzó al aire.

—¡No lo sé! ¡Lo único que sé es que estaré vigilando ese maldito quiosco hasta que descubra algo! ¡Aunque sea lo último que haga! ¡Y me da igual que vosotros estéis o no conmigo!

—Está bien, está bien —dijo Estefi tranquilizándole—, sí estamos contigo.

Charly inspiró profundamente.

—Vale, entonces quedamos esta tarde delante del quiosco. Fede, si quieres puedes traer a Precioso. Cualquier refuerzo es bienvenido.

Eso había sonado como si fuéramos a la guerra, pero no le contradije. Temía que entonces se le fuera la cabeza del todo.

La mayoría de las veces, las cosas no suceden como uno desea. Aquella tarde mamá tenía que trabajar. Con lo bonito que hubiera sido si nos hubiéramos podido ir de compras. Habría sido una buena excusa para no ir a la vigilancia del señor Werther.

Podía entender que Charly, después de haber pasado tanto, si pensaba en «el guapo de Gerardo» y la señora Sulte-Stratmann, y lo que aún le quedaba por pasar, no quisiera darse por vencido. Pero no podía evitar la sensación de que estaba cometiendo un error, si ahora encima empezaba a husmear tras el propietario del quiosco. Quién sabe si con eso no nos volveríamos a meter en más problemas.

Por eso no estaba precisamente de buen humor cuando llegué por la tarde al quiosco del señor Werther. Estefi y Rabanito ya estaban esperando.

Cuando los vi de lejos, me extrañé de que estuvieran justo delante de la pequeña casa en la que estaba el quiosco. ¡Si ahí precisamente los podría ver el señor Werther! ¿Cómo le iban a vigilar sin que él lo notara?

Cuando me reuní con ellos, fue cuando supe por qué se encontraban allí. La persiana estaba cerrada y sobre ella había una nota pegada:

Hoy, cerrado.
Werther

—¿Tiene hoy el descanso semanal? —les pregunté a los dos.

—Por lo que yo sé no cierra nunca por descanso semanal —contestó Estefi.

—A lo mejor está enfermo —opinó Rabanito.

—¡Eh, tíos, eh! No lo creo. Al menos esta mañana parecía estar muy sano.

Cuando apareció Charly, llevaba consigo un pequeño bolso negro.

—¿Qué es lo que llevas ahí dentro? ¿Provisiones? —quiso saber Rabanito.

—No, una cámara. Cuando vea algo sospechoso, podré sacar enseguida una foto y tendré una prueba.

—¡Eh, tío, eh! Has pensado en todo. Pero creo que hoy no vas a necesitar tu cámara. El quiosco está cerrado.

Entonces, la mirada de Charly también cayó sobre la persiana y la nota.

—¡Vaya fastidio! ¡Precisamente hoy! Y eso que presentía que hoy iba a pasar algo emocionante que nos haría avanzar en nuestra investigación.

Estefi se encogió de hombros.

—Qué se le va a hacer. ¿Nos vamos al huerto u os venís conmigo a casa? Me han regalado un juego de ordenador nuevo.

—¿Por qué irnos? —exclamó Charly—. Nos quedaremos aquí y esperaremos, naturalmente. A lo mejor vuelve a abrir el quiosco o se va y le podemos seguir.

Suspirando, cedimos a los deseos de Charly y nos escondimos en la cera de enfrente, desde donde podíamos vigilar el quiosco. Ninguno de nosotros, aparte de Charly, se tomó esa acción de vigilancia realmente en serio. Estefi, Rabanito y yo charlábamos o jugábamos con Precioso, mientras Charly se mantenía todo el tiempo inmóvil mirando fijamente hacia el quiosco.

De repente empezó a moverse completamente nervioso.

—¡Ahí está! —susurró—. Mirad, sale de la casa. ¡Vamos! ¡Tras él!

Antes de que comprendiéramos lo que estaba pasando, Charly ya estaba en la carretera y le había hecho una foto al señor Werther, antes de que torciera a la estrecha calle que llevaba a nuestro colegio.

—¿Por qué le estás fotografiando? —preguntó Estefi—. Si no ha hecho nada.

—Por si acaso —le contestó Charly.

A escondidas, seguimos al señor Werther. Al principio no había nada en su comportamiento que se saliera de lo normal. Aun así, Charly le fotografió al menos cada diez pasos, siempre por si acaso. En realidad, Estefi, Rabanito y yo sólo habíamos accedido a esa vigilancia para pasar el rato, o por hacerle un favor a Charly, pero entonces aquella acción tomó un rumbo que no habíamos imaginado.

El señor Werther abandonó de repente la estrecha calle y se dirigió hacia nuestro colegio.

—¿Pero ése adónde va? —exclamó Estefi.

—¡Pssst! Estefi, no tan alto —dijo Charly y sacó otra foto—. ¡Va al colegio, o es que no lo ves!

Cuando estuvimos seguros de que el señor Werther ya no nos podía ver, nosotros también cruzamos la calle hacia nuestro colegio. Avanzamos apretándonos contra la fachada exterior del colegio hasta llegar a la esquina del edificio, donde sigilosamente pudimos mirar al patio.

—Ha desaparecido —susurró Charly.

—¡Eh, tío, eh! Pero la puerta de entrada está abierta. ¡Igual que ayer!

Me aseguré de que llevaba a Precioso bien sujeto. No quería arriesgarme a que se me volviera a escapar.

Al igual que los indios en pie de guerra, cruzamos el patio y nos colocamos en fila india en el lateral de la puerta, a la que Charly fotografió, por si acaso. Seguro que algún día nos servirán de recuerdo. Tal vez también nos podría fotografiar alguna vez a nosotros. O le podía preguntar a Charly si me haría alguna copia, así se las podría enseñar después a mi novia.

—Bueno, ¿quién entra primero? —preguntó Charly, pero como ninguno de nosotros contestó, entró él mismo.

En el rellano y en los pasillos colindantes había incluso menos luz que el día anterior y, por las pocas ventanas, no entraba casi claridad. Sólo podíamos avanzar muy lentamente. Teníamos que tener cuidado de no tropezar con un objeto o con una esquina y delatarnos con ello.

—A todo esto, ¿adónde vamos? —preguntó Rabanito, después de que ya llevábamos un buen rato como fantasmas por los pasillos del colegio.

Charly se giró y dijo:

—¡No lo sé! Estamos buscando al señor Werther. En alguna parte tendrá que estar.

—Si ha venido a estas horas al colegio, habrá venido a ver al señor bedel —dijo Estefi—. Porque aparte de él ya no queda nadie aquí.

—Eso también podías haberlo dicho antes —gruñó Charly—. Entonces, vamos primero al despacho del conserje, y si no está ahí, miraremos en la casa.

Recé para que esos dos estuvieran sentados en la oficina del conserje tomando un café y charlando sobre las últimas vacaciones. No tenía ningunas ganas de volver a ir a la mansión.

Sin ninguna intención, mi mirada volvió a caer, al igual que el día anterior, sobre la puerta en la que había estado ubicado el quiosco del bedel. ¡Por debajo se veía claramente un haz de luz!

Me adelanté hasta Charly y le tiré de la manga de la chaqueta. No quería decir nada, por miedo a que ese alguien que hubiera en el quiosco me pudiera oír.

Cuando Charly se giró hacia mí, le señalé hacia la luz de debajo de la puerta. Al principio no entendía lo que le estaba intentando enseñar, pero después él también lo vio. Nos hizo una señal para que le siguiéramos, y luego, avanzó en silencio en dirección contraria, hasta el siguiente pasillo.

—¿Vosotros también lo habéis visto? —les preguntó susurrando a Estefi y a Rabanito.

—En el quiosco del nuevo conserje hay luz —dijo Rabanito igual de silencioso—. Seguro que hay alguien dentro.

—¿Creéis que son el señor Werther y el señor bedel? —preguntó Estefi.

—¿Quién va a ser si no? —contestó Charly.

—¡Eh, tíos, eh! ¿Y ahora qué hacemos?

—Podemos asaltar el quiosco y pillarlos a los dos con las manos en la masa.

Estefi se golpeó con el dedo índice en la frente.

—¿Pero qué manos ni qué masa?

—Yo qué sé. Y precisamente porque no lo sé, no lo vamos a hacer. Pero nos volveremos a acercar con cuidado e intentaremos escuchar algo.

Sin esperar una respuesta, se volvió a poner en camino hacia el quiosco del bedel.

Como el quiosco no tenía ventanas y la puerta también estaba cerrada, pudimos acercarnos hasta la misma puerta.

Mi corazón latía con fuerza. Como ahora de repente saliera alguien y nos pillara, seguro que volveríamos a tener problemas. Aun así me quedé quieto y escuché con atención, porque ciertamente se escuchaban voces.

—Creo que son el señor Werther y el señor bedel —susurró Rabanito.

—¡Psst! —hizo Charly—. Que quiero escuchar lo que esos dos están hablando.

Delante del quiosco del conserje no se escuchaba una mosca. Únicamente la respiración de Precioso. Con tantas emociones casi me había olvidado de nuestro perro. En aquel momento fui consciente de que lo llevaba en brazos y de que podía volver a hacer de las suyas. Al menos hasta ahora, siempre que nos habíamos acercado a nuestro conserje, lo había hecho. Pero esta vez se mantuvo muy quieto. Probablemente sabía que no nos podía delatar. ¡Es que es un perro muy inteligente!

Poco a poco me acostumbré al silencio y empecé a distinguir las voces que salían del quiosco. Rabanito tenía razón. Eran nuestro conserje y el señor Werther. Finalmente, incluso podía entender lo que decían. ¡Y aquello sobre lo que estaban hablando era más que inquietante!

8
Los extraños inquilinos del bedel

Pegué mi oreja a la puerta para poder entender claramente lo que estaban diciendo.

—Entonces, ¿qué? ¡No me apetece estar negociando hasta el juicio final!

Ésa era sin duda la voz del bedel. Parecía muy crispado.

—¡Ya le he dicho que la oferta no es aceptable! —contestó el señor Werther, por lo menos igual de crispado.

—¡Pero más no es posible! ¡Usted no puede pretender exprimirle a la gente hasta la última gota de sangre!

El señor Werther se echó a reír. Un gélido escalofrío me recorrió la espalda.

—¡Ja! ¡300 euros! ¿A eso le llama usted la última gota de sangre? ¡Tendrán que ser por lo menos 500!

—¡Está bien! —exclamó el conserje, que iba subiendo de tono—. Por mí, con 360 es suficiente. Y si no es así, me olvido de todo este asunto.

—¡Pues olvídese del asunto si quiere! Yo aún tengo cartas en la manga y, si todo falla, puedo continuar adelante solo.

—¿Solo? —dijo entonces el conserje riéndose—. Yo creía que usted ya era demasiado viejo para eso. ¿Además, no fue lo que usted mismo dijo?

—¡Pamplinas! ¡Para ganarle la partida a usted aún me valgo y me sobro!

Charly me tiró de la manga y me hizo una señal para que le siguiera. Le temblaba todo el cuerpo de la emoción. Esta vez, nos alejamos de puntillas un poco más del quiosco para estar bien seguros de que esos dos no podían oírnos.

—¡Esto es increíble!

Al parecer Charly no sabía si gritar o susurrar y se atragantó, de forma que le entró un ataque de tos. Por suerte, los hombres del quiosco no lo oyeron. La cuestión es que, cuando Charly se volvió a calmar, el pasillo seguía tranquilo.

—¿De qué estaban hablando ésos? —preguntó Rabanito—. Parecía realmente peligroso.

—¡Tío, como que lo era! ¿Es que no lo entiendes? ¡Esos dos son cómplices!

—¿Cómplices de qué? —preguntó ahora también Estefi.

—¡Pero si está más claro que el agua! ¡De un secuestro! Y de lo que estaban discutiendo también está clarísimo. Estaban pensando en qué rescate pedir. Claro que también pueden estar planeando el robo de un banco, o ya lo han llevado a cabo, y están discutiendo por el botín.

—¡Eh, tíos, eh! ¡Lo habéis oído! ¡Hasta la última gota de sangre! ¡Me estoy poniendo malo sólo de pensarlo!

Estefi estaba muy lejos de estar convencida de la teoría de Charly.

—¿Cómo sabes que se trata de un secuestro o del robo de un banco? Si sólo estaban hablando de dinero. Eso no tiene por qué significar que sea un rescate o el botín de un robo.

—Normalmente no, pero entonces, ¿por qué se

han citado aquí en secreto? ¿Y qué hay de los gritos en la casa del nuevo conserje, y de las extrañas figuras que Fede vio?

—¿El grito no provenía del bedel? —preguntó Rabanito.

—¡Tío, que ésa era mi antigua teoría! Entonces aún no sabía lo que de verdad estaba pasando aquí. ¿Quién hubiera imaginado que esos dos son cómplices?

—¿Y qué quieres hacer ahora? ¿Entrar ahí y detenerlos a los dos?

—Claro que no. Eso que lo haga la policía. Lo mejor será que vayamos ahora mismo, antes de que cobren el rescate o repartan el botín y se quiten del medio, y entonces no podamos hacer que los detengan.

—¡Olvídalo! —exclamó Estefi—. Ya te he dicho una vez que no vuelvo a ir contigo a la policía. No tengo ganas de volver a hacer el ridículo.

—Estefi, esta vez no vamos a hacer el ridículo. ¡Te lo aseguro! Pero, si queréis, voy solo a la policía, de ese modo podréis seguir vigilándolos para que no se escapen.

Antes de irse, Charly me puso la máquina de fotos en la mano y me insistió en que, sobre todo, les hiciera al señor Werther y al señor bedel una foto en el caso de que salieran del quiosco antes de que él volviera con la policía. Yo se lo prometí, a pesar de que sabía que lo último en lo que iba a pensar, en el caso de que esos dos realmente salieran del quiosco, era en hacerles una foto.

Cuando Charly se hubo marchado, Rabanito, Estefi y yo nos volvimos a acercar más al quiosco. Nos pusimos al acecho en un pasillo, desde el cual podíamos observar la puerta del quiosco.

A pesar de que ninguno de nosotros se creía realmente las maquinaciones que Charly se había fabricado, nos quedamos obedientes en nuestro puesto de vigilancia, tal como nos lo había ordenado nuestro jefe. Tal vez, en lo más oculto de nosotros, sí creíamos en la posibilidad de esos hechos; pero, por otra parte, tal vez sólo era la costumbre.

Sorprendentemente, los dos hombres permanecieron en el quiosco durante largo tiempo. Me preguntaba de qué podían estar hablando tanto rato. De buena gana me habría vuelto a acercar de puntillas a la puerta para escuchar, pero para eso estaba demasiado asustado.

Ya me empezaban a doler todos los huesos de estar arrodillado en el duro suelo de terrazo, cuando por fin se abrió la puerta y salieron el señor Werther y el señor bedel. La conversación, que habíamos estado escuchando antes, me había dado la impresión de que era una discusión. Al menos me dio la sensación de que esos dos hombres no se caían muy bien. Pero ahora, por el contrario, estaban sonriendo y parecían del todo satisfechos. El conserje cerró la puerta de su quiosco con llave y le dio la mano al señor Werther.

—Entonces, estamos de acuerdo, ¿no?

El señor Werther chocó la mano del conserje.

—De acuerdo. 400 euros. Creo que así nos podemos dar por satisfechos los dos.

El bedel asintió.

—Yo también lo creo. Ya estoy impaciente. ¿Durante cuánto tiempo quiere usted seguir?

El señor Werther se encogió de hombros.

—Si por mí fuera, muy poco tiempo. Con el dinero que recibiré de usted y lo que tengo ahorrado, me compraré una pequeña casa en Mallorca. Allí podré vivir muy bien de mi jubilación. De modo que puede usted hacerse cargo de mi quiosco en cuanto termine aquí en el colegio.

—¡Estupendo! —se alegró el bedel—. En ese caso, digamos que dentro de tres meses. Para entonces, los dos habremos podido arreglar todo lo necesario.

Después, ambos se dieron unas palmaditas en la espalda y se marcharon riendo y charlando hacia fuera.

Rabanito, Estefi y yo miramos desde nuestro escondite, atónitos y con las bocas abiertas tras ellos.

—¡Será posible! —exclamó Estefi—. Conque secuestro, ¿eh? Conque el robo de un banco, ¿eh? ¡Esos dos estaban negociando el precio del quiosco del señor Werther! ¿¡Pero cómo hemos podido ser tan idiotas!?

Rabanito se levantó de un brinco.

—¡Charly! ¡Está de camino a la policía! ¡Qué crees que nos va a pasar si aparece el Inspector Jefe Stecker y se entera de lo que realmente había tras ese supuesto crimen!

—¡Eh, tíos, eh! Tenemos que alcanzar a Charly antes de que llegue a la policía.

Ya en marcha, Estefi consultó su reloj.

—No lo conseguiremos en la vida. Hace demasiado tiempo que Charly se ha ido. Pero tal vez los pillamos antes de que vengan hasta aquí. O tal vez, incluso tengamos suerte y no ha podido convencerlo de que el señor Werther y el señor bedel son unos delincuentes.

Justo cuando estábamos saliendo a toda prisa

del colegio al patio, escuchamos el grito. Era el mismo grito desgarrador que ya habíamos oído ante la casa del señor bedel.

Todos nos quedamos quietos instantáneamente y nos miramos.

—Eso ha sonado aterrador —dijo Rabanito con las rodillas temblando.

—¡Qué va! —exclamó su hermana—. Seguro que no tiene más importancia que la conversación que acabamos de escuchar ahí dentro. Venga, que no podemos perder tiempo. ¡Tenemos que alcanzar a Charly!

Probablemente fue a causa del grito, aunque también podría ser que Precioso le quisiera dar una lección a Charly, evitando que le avisáramos. La cuestión es que saltó de mis brazos, igual que lo había hecho ya varias veces en los últimos días, y atravesó corriendo el patio hacia la mansión del conserje.

Estefi dio una patada de rabia contra el suelo.

—¡Maldita sea! Lo que nos faltaba. ¿Qué le ocurre a ése ahora?

—¡Precioso! —llamé tras nuestro perro—. ¡Precioso! Ven aquí ahora mismo.

Como era de esperar, nuestro perro pasó categóricamente de obedecerme y desapareció en el jardín del conserje.

—¿Y ahora qué hacemos? —preguntó Rabanito—. ¿Vamos a por él?

—¡Hasta ahí podríamos llegar! —exclamó Estefi—. Ahora no tenemos tiempo para eso. ¡Tenemos que llegar hasta Charly y el señor Stecker!

—¡Eh, tía, eh! ¡Yo no dejo a Precioso aquí! ¿Es que no habéis oído el grito? ¡Quién sabe lo que le puede ocurrir ahí dentro!

—¡Venga, Fede, que no será para tanto! —le reprendió Estefi—. A Precioso no le pasará nada. Ése sabe cuidarse mejor que nosotros.

—¡De eso nada! Yo voy a por él. Vosotros no tenéis que venir si no queréis.

Mientras cruzaba el patio corriendo, vi de reojo que Rabanito y su hermana me seguían. Estefi estaba refunfuñando, pero no me dejaron en la estacada. ¡Y es que ellos son amigos de verdad!

Se había hecho tarde. A través del denso ramaje de los árboles frutales apenas se colaba ya la luz.

Aunque eso tenía la ventaja de que desde la casa no se nos podía ver con tanta facilidad, la oscuridad también nos dificultaba encontrar a Precioso en medio del salvaje jardín.

Por fin lo encontramos. Estaba con su oreja y media de punta, delante de una ventana iluminada por la luz interior y silbando todo lo que su mellada dentadura daba de sí.

—¡Precioso! —exclamé en voz baja—. ¡Ya era hora! ¿Pero qué cosas haces? ¿No ves que nos tenemos que ir con Charly?

Estefi, Rabanito y yo llegamos hasta él al mismo tiempo. Lo cogí en brazos, mientras seguía regañándole. Precioso no parecía prestar atención. Seguía mirando fijamente hacia la ventana.

—¿Qué es lo que habrá ahí? —preguntó Rabanito con voz temblorosa—. ¿Qué es lo que le pone tan nervioso a Precioso?

—Podríamos comprobarlo —opinó Estefi.

—¡Te has vuelto loca! —exclamó Rabanito—. Quién sabe lo que puede haber ahí. Yo prefiero no verlo.

—¡Eh, tíos, eh! Yo también quiero saber lo que le pone tan nervioso a Precioso. Al fin y al cabo no es la primera vez. Tras esa ventana hay algo que…

No pude seguir hablando, porque Rabanito empezó de repente a gritar como si le estuvieran colgando de la picota.

Probablemente habría dejado caer a Precioso del susto, pero éste se agarró a mí temblando. En ese mismo instante vi la razón por la que Rabanito había gritado tan terriblemente. Una figura se acercaba cojeando y apoyándose en un bastón hacia nosotros. Si nos hubiéramos echado a correr no creo que nos hubiera podido alcanzar, de lo lentamente que ponía un pie delante del otro. Pero tal vez fuera precisamente por eso, por lo que no nos movimos ni un centímetro del sitio. La figura podía haberse acercado con toda la tranquilidad a nosotros, alzar su bastón y arremeter con él contra los cuatro. Pero no lo hizo. Justamente cuando llegó al haz de luz de la ventana se paró. Era una señora ya mayor. Con una mano se apoyaba en un bastón, y con la otra mano, sostenía un bolso de viaje.

—¿Qué estáis haciendo aquí? —preguntó con voz severa.

—Estábamos buscando a nuestro perro —contesté rápidamente—. Se nos había escapado y lo hemos encontrado aquí.

Su mirada cayó sobre Precioso y enseguida cambió su expresión facial.

—¡Dios mío! ¡Pobre perro! ¿Por qué resuella de esa manera?

—No resuella, silba —le contestó Estefi.

—¿Silba? ¿Es que se ha enfriado?

Yo ya le quería contestar que a Precioso no le pasaba nada, pero Estefi se me adelantó.

—¡Exacto! —dijo rápidamente—. Está resfriado, y tiene asma.

—¡Y los pies planos! —añadió el tonto de Rabanito.

La señora se acercó un paso más hacia mí y le rascó a Precioso tras su media oreja.

—Pobre pequeñín. ¿Por qué te has escapado, eh?

A Precioso se le notaba claramente que de buena gana le habría contestado a esa pregunta. Pero a juzgar por la expresión de su cara, me alegré de que no pudiera hacerlo.

Lo dicho, un perro como Precioso es único.

—¿Sois alumnos en el colegio de mi hijo? —nos preguntó la anciana.

—¿De su hijo? —le devolvió Estefi la pregunta.

—Bueno, en realidad no es su colegio. Únicamente trabaja aquí de conserje.

—¡Eh, tía, eh! ¿Entonces es usted la madre del nuevo bedel?

—Sí, así es. ¿Conocéis a mi hijo?

Preferí no contarle lo mucho que nos había llegado a conocer su hijo a nosotros en los últimos días.

—¿Tal vez usted sabe lo que hay detrás de esa ventana? —preguntó Estefi de repente—. Nuestro perro se comporta de una forma muy rara.

La anciana se quedó fijamente mirando a Estefi.

—No lo sé —le contestó finalmente—, pero me lo imagino.

—¡Eh, tía, eh! ¿Qué es lo que se imagina?

—¿Por qué no lo miráis vosotros mismos? Si os subís a ese pequeño saliente de la pared, seguro que podréis echar una ojeada al interior.

Estefi y yo nos colocamos inmediatamente junto a la pared. Rabanito titubeó un poco más, pero luego le pudo más la curiosidad. Apoyamos un pie sobre el saliente y nos subimos hasta la ventana. Si Estefi no me hubiera sujetado, acto seguido me habría caído hacia atrás.

—¡Gatos! —exclamó Rabanito—. ¡La habitación entera está llena de gatos! Son por lo menos…

—Cinco —dijo la anciana—. Sólo son cinco.

Saltamos del saliente de la pared.

—¿Y de quién son? —preguntó Estefi—. ¿Del bedel?

—No, son todos míos.

Estefi se golpeó con la palma de la mano sobre la frente.

—Ya, mi padre me contó una vez que los gatos a veces gritan como los niños pequeños. ¿Es eso cierto?

La madre del bedel asintió.

—Sí, es cierto. ¿Por qué lo preguntas?

—¡Así que era eso! ¿Será también por los gatos por lo que el conserje se ha despedido?

—¿Despedido? —exclamó la mamá de nuestro conserje consternada—. ¿Mi hijo se ha despedido?

Antes de que pudiéramos contestarle, se abrió abruptamente la ventana de la habitación de los gatos y el bedel se asomó a través de ella.

—¿Pero qué está pasando aquí? ¡Mamá! ¿Ya has llegado? No te esperaba hasta mañana. ¿Qué haces en el jardín? ¿Por qué no entras en la casa?

—Estaba conversando con mis jóvenes amigos, que al parecer te conocen muy bien.

—¿Jóvenes amigos? ¡No, otra vez vosotros no! ¿Pero es que no me podéis dejar en paz?

—¡No les hables así! —le regañó su madre—. Me han contado unas novedades muy interesantes. Ahora vamos a entrar. Creo que tienes algunas cosas que contarme.

Con un profundo suspiró el bedel cerró la ventana.

—Entrad conmigo —nos dijo su madre—. No vaya a ser que vuestro perro se enfríe aún más.

—¿Y ahora qué pasará con Charly? —me susurró Rabanito mientras dimos la vuelta a la casa con la madre del bedel—. No tengo ni idea, pero la verdad es que a estas altura ya casi me da igual.

Cuando llegamos a la puerta de entrada de la casa, nuestro conserje ya nos estaba esperando.

Yo ya conocía el largo pasillo de su casa. El bedel lo recorrió casi entero, y luego, desapareció tras una puerta. Su madre, Estefi, Rabanito y yo le seguimos.

De repente la madre del conserje se paró.

—Adelantaos vosotros. Yo tengo que saludar primero a mis tesoros. ¡Seguro que han estado echándome de menos!

Yo sostenía con fuerza en brazos a Precioso, que no dejaba de patalear. Seguro que había vuelto a oler a los gatos. Estaba convencido de que últimamente sólo se había escapado debido a ellos.

Seguimos al bedel, que no dejaba de suspirar, y nos vimos en una habitación, que por lo visto era el salón. La sala estaba decorada con un sofá, en el que te hundías al sentarte, y un enorme y anticuado armario. Estefi, Rabanito y yo nos sentamos uno al lado del otro en el sofá.

Poco después entró la mamá del bedel. Radiaba satisfacción por toda la cara.

—¡Hijo, los has cuidado francamente bien! ¡Pero ellos se han alegrado tanto de verme, como yo de nuestro reencuentro!

Dejó su bolso de viaje en el suelo y se dejó caer en uno de los sillones.

—Bueno, y ahora, hijo mío, nos vas a preparar primero una buena taza de cacao, y para el perro traes un cuenco de agua.

—¡Pero mamá!

—¡No me contradigas! Prepara el cacao, luego hablaremos.

El bedel puso los ojos en blanco, y después se marchó sin seguir protestando. Aunque le escuchamos refunfuñar más tarde en el pasillo.

La madre del bedel esperó hasta estar segura de que su hijo ya no la podía oír.

—¿Estáis convencidos de que se ha despedido? —nos preguntó entonces.

—Sí —le contesté—. Me lo dijo él mismo. Pero no quiso explicarnos por qué lo había hecho.

—A mí, sí me lo dirá.

—¿Habrá sido por los gatos? —preguntó Estefi.

—No lo sé. Pero la verdad es que no lo creo. ¿Sabéis? Los gatos son mi gran devoción. Hasta hace un par de meses vivía con ellos en mi piso, a unos cientos de kilómetros de aquí. Pero luego tuve un accidente. Tuve que pasar varios meses en el hospital, y después, tuve que ir a un balneario a recuperación. De allí vengo precisamente.

—¿Y ahora quiere usted llevarse nuevamente a sus gatos? —le preguntó Rabanito.

La madre del conserje no contestó, sino que se quedó mirando el pomo de su bastón.

—Eso es lo que me gustaría —contestó finalmente—. Pero ya no puede ser. Al menos eso es lo que dice mi hijo. Piensa que después del accidente ya no puedo vivir sola. Por eso quiere que me venga aquí, para poder cuidar de nosotros. Ya he dejado mi antiguo piso.

—Pero eso no es tan grave —dijo Estefi—. Esta casa es muy grande. Aquí hay sitio para todos ustedes.

—Eso es lo que pensaba yo también. Pero, si mi hijo se ha despedido, ya no nos podremos quedar a vivir aquí. ¡Me gustaría saber qué le ha llevado a hacer una cosa así!

Como si hubiera oído la última frase de su madre, el bedel apareció de repente en la habitación. Llevaba una bandeja en la mano sobre la que había cinco tazas echando humo. Incluso había un plato con galletas. Tampoco se le había olvidado el agua para

Precioso. Puso la bandeja sobre la mesa y se dejó caer, al igual que su madre, en el sillón que quedaba libre.

—¿Es cierto lo que me han contado los chicos? ¿Te has despedido?

El nuevo conserje, primero, nos miró a nosotros, y luego, a su madre.

—Sí, es cierto.

—Pero, por todos los santos, ¿por qué has hecho eso?

En vez de contestarle, el bedel se levantó de un brinco y se puso a andar de un lado a otro de la habitación.

—¿A ti qué te parece, mamá? —dijo finalmente mientras rodeaba el sillón de su madre—. ¿Es que no te lo puedes imaginar?

—¿Es por los gatos?

El conserje se precipitó hacia su sillón, se dejó caer en él y miró hacia el techo de la habitación.

—¡No podía aguantarlo más! ¡Estoy completamente atacado de los nervios! ¡No puedo con estos bichos!

—¡Tú no puedes con ellos! —le respondió su madre—. Pero yo sí.

El bedel se inclinó hacia su madre.

—Sabes perfectamente que no me está permitido tener aquí animales de compañía. Lo pone explícitamente en mi contrato. Y en todo caso, únicamente con permiso expreso. Pero sólo, y tal vez, me lo darían por un canario o un conejillo de indias, o con suerte por un perro, pero ¡jamás por cinco gatos!

Como si se hubiera hecho la luz, todo apareció ante mí con total claridad. De repente, sabía a ciencia cierta lo que había ocurrido.

—¡Eh, tío, eh! ¡La sala de profesores! ¡Los gatos se colaron en ella! Y también destrozaron el quiosco. ¡Seguro que hasta cogieron la polvera de la señora Sulte-Stratmann!

El conserje sonrió apenas visiblemente.

—Tienes razón con todo, excepto con lo de la polvera. Pero incluso ésa la encontré cuando estaba nuevamente tras uno de los gatos. Si hasta hice el ridículo más espantoso de toda mi vida, ante una profesora muy agradable mientras perseguía a uno de tus tesoros.

—¡Eh, tío, eh! ¿Es por eso por lo que estaba usted en las duchas? Pero entonces, ¿nunca existió la nota que supuestamente le había llevado allí?

—No, lo inventé. A fin y al cabo no podía decir que la culpa era de los gatos de mi madre. Y por eso, creí no escuchar muy bien cuando vuestro amigo, el rubio, me vino de repente con lo de la nota. Estoy seguro de que ahora comprenderéis el motivo por el que me enfadé tanto cuando me propuso aquella tontería. Claro que yo, de todas formas, ya estaba bastante alterado por los gatos, y por todos los malos entendidos que había habido.

A eso sólo había una explicación: ¡Charly había falsificado la nota! A juzgar por la cara que ponía Estefi, sospeché que Charly iba a tener que aguantar un buen chaparrón, en cuanto volviera a aparecer ante ella.

—¿Y ahora qué va a pasar? —preguntó la madre del bedel en voz baja.

—Mamá, no te preocupes por eso. Yo ya he encontrado algo: un quiosco. El propietario quiere jubilarse. Le he comprado el quiosco. Hoy mismo nos hemos puesto de acuerdo. También tiene una casa y un jardín. No hay tanta amplitud como aquí, pero para nosotros dos es suficiente.

—¿Por qué no quieres aceptar lo que tantas veces te vengo diciendo? Yo me mudo a un piso muy cerca de aquí, que sea lo suficientemente grande para mí y mis tesoros. Así podremos vivir los dos nuestras propias vidas, que es a lo que estamos acostumbrados. Y tú te quedas con tu puesto de conserje y con la casa y te buscas de una vez una buena mujer.

—Y... ¿Por qué no se muda usted sola a la vivienda del quiosco? —preguntó Estefi de pronto.

El bedel movió la cabeza negativamente.

—¿Y entonces quién se iba a encargar del quiosco?

—¡Eso lo podría hacer yo! —exclamó la madre—. ¡La idea no está tan mal!

—¡Pero mamá! ¡Llevar un quiosco de ésos es demasiado pesado para ti! ¡Tengo que cuidar de ti! Y para eso es mejor que vivamos juntos.

—Hijo mío, no dices más que tonterías. Te estás preocupando demasiado por mí.

No sé por qué, pero las conversaciones entre el bedel y su madre me resultaban familiares.

—Cuando le traspasen el trabajo del quiosco y la casa a su madre, podríamos ayudarla nosotros —dijo Estefi—. A nosotros siempre nos vienen bien un par de euros más de paga.

—¿Y qué pasará con mi puesto de trabajo? —preguntó el señor bedel—. ¡Si ya me he despedido!

—¡Eh, tío, eh! Seguro que le vuelven a contratar y nosotros también nos alegraríamos si usted volviera a ser nuestro conserje.

Estefi y Rabanito asintieron los dos al unísono.

—¡Lo ves! —exclamó la anciana madre del bedel—. ¡Estos chicos son más sensatos que tú, viejo cabezón!

Como si ésa hubiera sido la señal, llamaron a la puerta.

—Ése seguro que es Charly —me susurró Estefi.

El bedel se levantó y salió de la habitación.

—¿Podemos mirar? —le pregunté a su mamá.

Cuando asintió con la cabeza, nos levantamos Rabanito, Estefi y yo a la vez, fuimos a la puerta y espiamos el pasillo.

El conserje estaba abriendo la puerta de entrada. Efectivamente era Charly. Mi esperanza de que el señor Stecker no se hubiera dejado convencer por Charly no se cumplió. Estaba junto a él delante de la puerta.

—¡Éste es! —gritó Charly en cuanto vio al bedel—. ¡Deténgale!

Nuestro conserje se estremeció.

—¿Y ahora qué es lo que pasa? ¿Señor comisario, ha ocurrido algo?

—Inspector Jefe —dijo el señor Stecker—. Soy Inspector Jefe de la brigada criminal.

—Bueno, vale, eso también. ¿Qué puedo hacer por usted?

—Este chico me ha estado dando la paliza todo el tiempo hasta que he decidido acompañarlo aquí. No hacía más que hablar de crímenes, secuestros y robo de bancos. Así que decidí venir a ver si todo está en orden.

—¡Enséñele su orden de registro! —dijo Charly muy nervioso.

El señor Stecker puso los ojos en blanco.

—Ya te he dicho cientos de veces que ni tengo orden de registro, ni la necesito. ¡No he venido ya contigo! ¿Qué más quieres?

—Por favor, pase —dijo el conserje sonriendo—. Incluso sin orden de registro. Así se podrá convencer por sí mismo de que aquí está todo en perfecto orden.

Cuando Charly y el señor Stecker entraron en la casa, Rabanito, Estefi y yo volvimos al sofá, cogimos nuestras tazas de cacao y una galleta en la mano. Poco después aparecieron el bedel, el señor Stecker y Charly en la puerta.

A Charly se le cayó la mandíbula casi hasta el ombligo. ¡Estaba para morirse de la risa!

—¿Pero, pero esto qué es? —tartamudeó.

—Estamos tranquilamente tomando una taza de cacao y charlando —contestó el conserje—. ¿Acaso esperabas otra cosa?

—Eh…, no lo sé. ¿Está seguro de que lo hacen libremente?

El dedo índice del Inspector Jefe Stecker se disparó hacia Charly y paró justo delante de sus narices.

—¡Ahora escúchame bien, amigo mío! ¡No quiero volver a verte nunca, has oído bien, nunca, en la comisaría! ¿Me has entendido? ¡Y como aun así se te ocurra aparecer por allí, haré que te detengan!

Después se dirigió al bedel.

—Por favor, disculpe las molestias, ¡pero este chico me estaba volviendo loco! Así que ya me voy. Adiós. Y de nuevo le pido disculpas.

—No se preocupe. ¡Adiós, señor comisario! —exclamó el conserje tras él.

Estefi se levantó.

—Me parece que nosotros también nos vamos a ir. Aún tenemos que aclarar algunas cosas —dijo echándole una mirada a Charly.

Éste aún no entendía de dónde le venía el aire.

—¿Pero qué pasa? ¿Por qué estáis aquí, tomando cacao?

—Eso ya te lo contaremos luego —le contestó Rabanito.

Nos despedimos y les dimos las gracias como unos buenos chicos. Cuando ya estábamos casi en la puerta, la mamá del bedel nos pidió que la fuéramos a visitar a su nueva vivienda, para así poder hablar de la mejora de nuestra paga. Se lo prometimos.

En cuanto se cerró la puerta de la casa tras nosotros, Estefi agarró a Charly y se lo llevó a remolque.

—Ahora vamos a aclarar tú y yo un asunto.

—Pero Estefi, ¿qué te pasa?

—¿Cómo era eso de la nota?

—¿Qué nota?

—¡Eso lo sabes perfectamente!

Apenas presté atención a la discusión de esos

dos. Tenía que pensar en el bedel y en su mamá. Al final no había dicho si la dejaría realmente mudarse sola a la casa del señor Werther y si él se quedaría con su puesto de conserje. Pero creo que, por lo menos, se lo pensaría. Y yo me propuse preguntarle a mamá, en cuanto la viera, si tal vez ella no quería que yo me quedara para siempre a vivir con ella.